넘버세븐

FANTASY FRONTIER SPIRIT
이모탈 판타지 장편 소설

넘버세븐 7

이모탈 판타지 장편 소설

초판 1쇄 찍은 날 § 2014년 3월 19일
초판 1쇄 펴낸 날 § 2014년 3월 26일

지은이 § 이모탈
펴낸이 § 서경석

편집부장 § 권태완
편집책임 § 정수경

펴낸곳 § 도서출판 청어람
등록번호 § 제1081-1-89호
등록일자 § 1999. 5. 31
어람번호 § 제1-1812호

주소 § 경기도 부천시 원미구 심곡2동 163-2 서경B/D 3F (우) 420-822
전화 § 032-656-4452 팩스 § 032-656-4453
http://www.chungeoram.com
E-mail § chungeorambook@daum.net

ISBN 979-11-5681-944-8 04810
ISBN 978-89-251-3516-8 (세트)

이모탈 판타지 장편 소설

NuMbeR
Seben

F A N T A S Y   F R O N T I E R   S P I R I T

넘버세븐

7

CONTENTS

Chapter 01

패트리아스 백작 가문이 부활했다.

물론 완벽하게 과거의 영광을 재현하지는 못했다. 하나, 패트리아스 백작 가문이 부활했다는 것에 대해서 이의를 다는 이들은 없었다.

패트리아스 백작은 과거의 절반에도 미치지 못하는 영지를 하사받고 부임했지만, 한 달 내에 이루어진 전쟁 아닌 전쟁에서 압도적인 힘을 보였기 때문이다.

패트리아스 백작이 복권되었어도 얼마 못 견디고 사라질 것이라 예상하는 귀족들이 태반이었다. 귀족 세계라는 것은 몬스터의 천국이라 일컬어지는 그레이든 산맥보다 더 험하고 치열하기 그지없는 세계였다.

힘이 없으면 도태되고 사라지며, 권력이 없으면 권력을 가진 자의 하수인으로 전락하는 것이 귀족들의 세계였다. 아무리 국왕의 비호가 있었다 하지만 귀족들은 코웃음 쳤다.

'어디 얼마나 견디는지 보자.'

'훗! 패트리아스 백작 가문? 웃기는군. 과거 코린 왕국의 귀족들이 아님을 아직 모르는 것인가?'

'과거는 과거일 뿐.'

대부분의 귀족들은 그런 생각이었다. 이미 그들은 당대의 패트리아스 백작이 받은 영지에서 일어나는 일을 어느 정도 알고 있었다. 하나, 그들은 그 사실을 패트리아스 백작에게 알리지 않았다.

그에게 우호적인 귀족들은 그를 시험하는 의미로, 그에게 적대적인 귀족들은 그를 완벽하게 제거하기 위해 혹은 지금은 과거가 아니라는 것을 알려주기 위해서 말이다.

그리고.

패트리아스 백작 영지에서 내전이 벌어졌다는 소식을 들었을 때 귀족들의 시선과 귀는 그 내전의 향방을 예의 주시하기 시작했다. 어떤 이는 안타까움에 젖은 우려의 목소리를 냈으나 어떤 이는 당연한 통과 의례처럼 받아들이고 있었다.

"허어~ 이제 백작의 작위를 받았을진대. 어찌⋯⋯."

"견뎌야 하지 않겠습니까? 귀족이라는 것이 그리 호락호락한 것이 아님을 알아야 하지 않겠습니까?"

"하나, 그에게는 세력이 없지 않소? 호락이든 뭐든 동등한 입장에서 시작해야 옳지 않겠소?"

"사람이 태어남에 있어 그 차이가 존재하오. 어찌 되었든 귀족이 된 이상 그 또한 그가 감당해야 할 몫이 아닐까 하오."

갑론을박이었다. 누가 옳고 누가 그르다 할 수 없었다. 분명한 것은 모든 귀족의 귀추가 바로 패트리아스 백작의 영지에서 일어나는 내전에 쏠려 있다는 것이었다.

"그를 도와야 합니다."

"무슨 수로?"

"하면, 보고만 계실 것입니까?"

"그가 이겨내지 못한다면 모든 것이 수포로 돌아가네."

"하나⋯⋯."

"이겨내야 하네. 어떻게 해서든지 말이네. 나는 그가 이겨낼 것이라 믿네."

"⋯⋯."

그를 믿는 귀족들과, 그를 시험하며 경계하는 자들. 그 모두가 내전의 결과를 기다렸다. 그리고 마침내 패트리아스 영지의 내전은 마무리되었다. 그것도 반란 귀족들을 완벽하게 제압하면서 말이다.

"끄음. 일이 곤란하게 되었소."

"그 짧은 시간에 세를 결집시켰다는 것이 진정으로 놀랍습니다."

"아니, 브룩스 자작은 그를 두둔하는 것이오?"

"커험. 아니, 그것이 아니라 놀랍다는 것입니다. 아니 그렇습니까?"

두 귀족의 대화에 여기저기 모여 담소를 나누며 다과와 함께 차를 마시고 있던 귀족들이 몰려들었다. 평소 친분이 가까운 귀족끼리 간단하게 다과를 하는, 귀족파의 사교장이라 할 수 있는 곳이었다.

이곳에서도 패트리아스 백작은 초미의 관심사였다. 사실 패트리아스 백작 가문을 지우는 데 가장 큰 힘을 보탠 것이 귀족파라 할 수 있었다. 패트리아스 백작 가문이라면 오롯하게 국왕의 편에 설 가능성이 농후하기 때문이었다.

즉, 패트리아스 백작 가문의 등장은 국왕을 중심으로 하나의 굉장한 구심점이 만들어진다는 것을 의미하는 것이다. 하니, 귀족파에 속한 귀족들이 그에게 관심을 두지 않을 수 없었다.

"어찌 되었든 대책이 필요하지 않겠소?"

개중 한 명의 귀족이 여유롭게 주변을 훑어보며 말을 하고 있었다. 바로 귀족파에 속한 마이어 백작이었다. 그의 안색은 약간 창백한 편이었다. 어딘가 모르게 피곤한 그런 표정이었으나 그의 행동에서 우러나오는 것은 좌중을 압도하는 카리스마였다.

"무슨 좋은 방도가 있으십니까?"

그때 한쪽 편에서 하급 귀족들에게 둘러싸여 있던 귀족 한 명이 입을 열어 마이어 백작에게 물었다. 그에 마이어 백작의 시선이 돌려졌고, 익히 알고 있는 얼굴이라는 듯 이내 반색하는 얼굴로 입을 열었다.

"오~ 로저스 자작. 오랜만에 보는군요."

"아~ 예! 오랜만입니다."

"한데, 방도를 물은 것이오?"

"그렇습니다."

"흐음."

마이어 백작은 로저스 자작의 물음에 가볍게 숨을 내쉬더니 들고 있던 술잔을 입가에 기울였다. 분명 다과라 할 것이나 모인 이들 대부분의 손에 들려 있는 것은 피보다 붉은 적포도주였다.

모든 귀족의 시선이 여유로운 행동을 하는 마이어 백작에게로 향했다. 보통의 이라면 부담스러워서라도 입을 열었을 것이나 마이어 백작은 그 시선을 즐기는 것인지 여유롭기만 했다.

"코린 왕국의 국왕께서는 패트리아스 영지와의 영지전을 3년간 금지한다 했소. 또한, 이번 그의 영지에서 보여준 군사력은 솔직히 상상 외였소. 그러한 그를 압박하기 위한 방도란 참으로 찾기 어렵지 않겠소?"

귀족파라는 울타리 안에 있으나 그 안에서 모두가 같은 생각을 하고 같은 곳을 바라보고 있는 것은 아닌 모양이었다. 마이어 백작의 여유로움에 비견되는 또 한 명의 중후한 목소리가 정적을 깨뜨렸다.

귀족들의 시선을 즐기던 마이어 백작이 인상을 살풋 찌푸리며 중후한 목소리가 흘러나오는 곳으로 시선을 향했다. 그곳에는 짧게 자른 백발에, 구레나룻과 짧고 가지런하게 다듬어진 수염을 지닌 귀족이 서 있었다.

'가도닉스 백작!'

순간 마이어 백작의 얼굴이 일그러졌다. 마이어 백작이 문관 귀족들의 수장이라 하면 가도닉스 백작은 무관 귀족들의 수장이라 할 수 있었다. 그것을 대변이라도 하듯이 마이어 백작은 훤칠하지만 약간은 유약한 모습을 보였고, 가도닉스 백작은 가장 연배가 있음에도 불구하고 단단하다는 느낌을 주는 인상이었다.

"어려울 뿐 방도가 아예 없는 것은 아니지 않겠소?"

"방도가 아예 없지는 않다라……."

잠시 마이어 백작의 말을 되뇌며 끝을 흐리는 가도닉스 백작이었다. 물론, 찾고자 한다면 결코 방도가 없는 것은 아닐 것이다. 하지만 귀족파의 세력이 했다는 것을 드러내지 않기란 그리 쉽지 않았다.

아무리 좋게 생각해도 당대의 패트리아스 백작은 코린 왕국 국왕의 전폭적인 지지를 받고 있는 것으로 보이기 때문이었다. 10년간 세금을 면제받는다거나 혹은 기사나 병력을 지원한다거나 영지전을 3년까지 금한다거나 하는 모든 것이 말이다.

"내가 묻는 것은 일반적인 방도가 아님을 알 것이오. 우리의 로드께서는 아직 그에 대한 어떠한 명령도 내리지 않았음이니 공식적으로 그를 압박할 수 없음이니 말이오."

"물론 알고 있소."

"하면, 이 모자란 가도닉스가 마이어 백작에게 묻고 싶소. 드러내지 않고 그들을 압박할 방도 말이오."

가도닉스 백작은 자신을 낮추는 듯한 억양으로 마이어 백작에게 물었다. 하지만 받아들이는 마이어 백작은 상당히 불쾌했다. 기사 출신의 귀족들을 이끄는 가도닉스 백작은 결코 어리석은 자가 아니었다.

그러한 자가 자신을 낮추고 상대를 드러내는 것은 단순히 자신이 무식해서가 아니었다. 상대에게 방도가 있음을 어느 정도 알기에 자신을 낮춤으로써 타 귀족들에게 '역시' 라는 감탄을 자아내게 하고 있는 것이었다.

'능구렁이 같으니라고.'

그렇게 속으로 혀를 찼지만 마이어 백작은 결코 그를 탓하지 않았다. 그저 성향이 다를 뿐. 그 또한 귀족들의 권익을 위해서는 분명 필요한 존재이기 때문이다. 비록 자신과 반대편에 서 있기는 했지만 말이다.

"이미 가도닉스 백작도 알고 있는 사항이 아니겠소?"

"경제적인 압박 말이오?"

"그렇소."

이미 알고 있다는 듯이 묻는 가도닉스 백작. 그에 맞다고 응답하는 마이어 백작. 하나, 가도닉스 백작은 그것이 끝이 아님을 알고 있었다. 상대를 인정하기에.

"어용 상단은 아닐 것이고……."

"왜 어용 상단은 아닐 것이라 생각하는 것이오?"

그 물음에 무슨 말도 안 되는 말이냐는 표정으로 마이어 백작을 바라보는 가도닉스 백작이었다.

"그것을 말이라고 하는 것이오? 지금 패트리아스 백작은 국왕파의 새로운 중심이라고 할 수 있는 자요. 그러한 자를 드러내 놓고 공격하자는 말이오?"

"대체 어느 누가 그를 국왕파의 중심이라고 했소?"

"무슨?"

마이어 백작의 말에 가도닉스 백작은 해연히 놀라며 되물었다. 마치 무언가 둔중한 것으로 뒤통수를 맞은 듯 입을 벌린 상태에서 마이어 백작을 바라보는 가도닉스 백작이었다.

"끄음. 모를 말이구려. 설마 국왕이 그를……."

"누가 뭐라 하여도 현재 국왕파의 중심은 내무대신인 미치 매코넬 후작이오."

"그렇다는 것은……."

마이어 백작의 말을 듣고 무언가 퍼뜩 뇌리를 스치고 지나가는 생각이 있었다. 하지만 궁금했다.

'그런데 왜?'

그를 귀족파에서 경계해야 하느냐는 것이다. 매코넬 후작이 국왕파의 중심이라는 것은, 패트리아스 백작은 그저 시선 집중용이라는 것을 의미한다.

그것에는 쓰고 버릴 패라는 의미도 포함한다. 그런데 왜 귀족파에서 그를 견제하고 무너뜨려야 하는 것이다. 그냥 놔둬도 그는 스스로 무너질 것이 뻔한데 말이다.

"그렇다고는 하지만 그는 이미 우리와 양립할 수 없는 강적으로 등장했기 때문이오."

"내전 때문이오?"

"그도 이유가 될 것이오."

"그것 말고 또 있다는 말이오?"

"있소."

"혹……."

말을 하려다 말고 주변을 슬쩍 훑어본 가도닉스 백작은 끝내 말을 꺼내놓지 않았다. 그에 마이어 백작은 고개를 끄덕였다.

"허흠, 흠흠. 그건 그렇고 경제적인 압박을 드러내 놓는다면 국왕 쪽은 신경 쓰지 않아도 된다는 것이오?"

"적당하면 되지 않겠소? 정보에 따르면 국왕 쪽에서도 그리 크게 신경을 쓰지 않는 듯하더이다. 아니, 오히려 그를 경계하는 듯하다고 하오."

마이어 백작의 말에 가도닉스 백작은 순간 비웃음 떠올릴 수밖에 없었다. 멍청했다. 멍청해도 이리도 멍청할 수가 없었다. 만약 이것이 국왕이 일부러 흘린 정보라면 무섭도록 치밀하다 하겠으나, 마이어 백작의 성정을 보건대 결코 일부러 흘린 정보는 아님을 알 수 있었다. 그것은 가도닉스 백작이 생각하는 바가 맞다는 것을 의미했다. 어쩌면 국왕에게 가장 큰 힘이 될 소지가 많은 그를 스스로 차버린 꼴이 되었으니 말이다.

30년 전이라 할지라도 패트리아스 백작 가문을 기억하는 귀족들과 기사들은 아직도 많다. 한참 꿈에 부풀어 있던 당시의 젊은 귀족들과 기사들은 이제는 나이가 들어 뒤로 밀려 나 있으나 각 가문에서 차지하는 비중은 상당했다.

과거에 대한 향수.

강대한 힘과 정의로움에 대한 막연한 기대를 가지고 있는 자들. 그리고 현실적으로 그러지 못함에 무기력하게 뒤로 물러나야만 했던 이들의 가슴에 불을 지를 만한 자이거늘 말이다.

"국왕은… 흉중에 숨긴 자신의 야망을 뒷받침해 줄 만큼 명석하지 못한가 보오."

"우리에게는 좋은 현상이지요."

"클. 국왕이 원한다면 그 장단에 한번 맞춰줄 필요가 있을 것이오. 짧지만 행복한 꿈을 꿔보는 것도 나쁘지 않을 것이니 말이오."

짧게 웃음을 보인 가도닉스 백작이 입을 열자 마이어 백작 역시 그를 마주보며 웃었다. 사사건건 서로 대치하는 입장이나 이러한 면에서는 죽이 잘 맞아 들어가는 귀족파의 양대 수장이었다.

그들이 그렇게 패트리아스 백작을 무너뜨릴 계획을 하고 있는 동안 코린 왕국의 변방 혹은 가문의 일에서 물러나 뒷방 늙은이로 늙어가는 귀족들, 과거의 영달을 버리고 조용하고 한적한 곳에서 여생을 보내고 있는 기사들은 또 다른 이유에서 패트리아스 백작을 입에 올렸다.

"그가 승리했다 하네."

"그…… 과거의 검과 방패가 다시 서는가?"

덥수룩한 수염. 다듬지 않은 희끗한 머리. 하나 단단하고 장대한 체구가 그 모든 것을 덮어, 한낱 야인이나 혹은 사냥꾼으로 살아가고 있음에도 왠지 모르게 위압감을 느끼게 하는 이들의 대화였다.

"그래서 이 먼 곳을 찾아온 것인가?"

민머리에 덥수룩하게 난 수염을 지닌 자가 입을 열어 자신을 찾아온 네 명의 사내를 바라보았다. 혼자 사는 좁은 집에 다섯 명의 거구가 들어오니 안이 꽉 차 보여 답답하기 그지없었다.

"이제 벗어날 때도 되지 않았나?"

"너무 늦은 것 아니겠나?"

민머리의 사내는 너무 늦었다는 자신의 생각을 입에 담았다. 하나, 그를 찾아온 사내들은 잠깐 실망한 표정을 지었다. 설마 마음까지 늙은 줄은 몰랐기 때문이었다.

"자네…… 늙은 건가?"

"늙었다라……."

늙었다는 말에 민머리의 사내는 나직하게 한숨을 내쉬더니 나무를 괴어 열어둔 창밖을 바라보았다. 세상은 조용했다. 적어도 자신이 있는 이곳은 어느 곳보다 조용했다.

그러한 민머리의 사내를 보던 맞은편 사내는 얼굴을 딱딱하게 굳히고 일어섰다.

"내가 잘못 찾아온 모양이군. 과거의 마빈이 아님을 내 잊었군."

일어서는 사내의 말에 슬쩍 쓴웃음을 짓던 마빈이라 불리는 민머리의 사내가 입을 열었다.

"우리 나이 50이던가?"

"나이가 중요한가?"

"자네들은 중요하지 않은가?"

"쯧. 병들었군."

병들었다는 말에 마빈의 눈가에 잔주름이 잘게 떨렸다. 순간 울컥하는 마음이 들었기 때문이었다. 누구보다 열정적으로 평생을 살아왔다. 그 누구에게도 병들었다는 말을 들을 자신이 아니었다.

그런데 자신을 가장 잘 알고 있다고 생각하는 친구가 자신의 무기력한 모습에 병들었다고 했다.

"나는 신중해졌다고 생각하는데 말이지. 자네는 아닌가 보구만."

"신중? 어떤 신중 말인가? 과거 자네는 나에게 항상 말했지. 가끔은 이 가슴이 시키는 대로 할 때가 있다고. 나는 지금 이 바로 가슴이 시키는 대로 할 때라고 생각하네."

"기사직을 버리고 자유 기사가 될 때가 아니고 말인가?"

마빈의 시선이 일어서 자신을 내려다보고 있는 오랜 친우인 토마스를 바라보았다. 그의 눈동자는 지금 불타오르고 있었다. 그리고 오랫동안 보지 않았으나 여전한 모습을 보이고 있는 이들의 시선 또한 보았다.

"자네들도 모두 그러한가?"

"우리가 왜 자네를 찾아왔다고 생각하는가?"

그의 모습이 조금은 안타깝다는 듯이 모두 말할 때 또 한 명의 거구의 사내가 다시 마빈의 맞은편에 앉으며 말을 이었다.

"나와 함께하기 위해서가 아닌가?"

"그랬지."

"그럼 지금은 아니란 말인가?"

"그것은 조금 생각해 봐야 할 것 같네."

"내가 신중해진 것이 잘못된 것이란 말인가?"

친구들의 못마땅한 표정에도 여전히 자신의 생각을 굽히지 않는 마빈이었다. 그에 마빈의 맞은편에 앉은 또 다른 친구 슈거레이가 조용하게 입을 열었다.

"신중한 것은 좋지. 하지만 내가 보기에 자네는 지금 신중한 것이 아닌 현실의 안온함에 젖은 늙은이 같네."

늙은이라는 말에 눈이 샐쭉하게 올라가는 마빈이었다. 아직 자신은 늙지 않았다. 비록 50의 나이이지만 젊은 청년들보다 더 활동적이고 더 적극적이었다.

그런데 슈거레이는 자신을 늙었다고 했다. 또한 자신을 바라보는 토마스, 풀헨시오, 존, 로베르토 모두가 슈거레이의 말에 동의한다는 듯이 자신을 바라보고 있었다.

"자네…… 말을 함부로 하는군."

감정이 묻어나는 마빈의 말에 슈거레이는 흰 이를 드러내며 웃음을 지었다.

"왜? 내 말이 틀렸다고 생각하는가? 자네는 스스로를 신중해졌다고 하지. 하지만 정말 그럴 것이라고 생각하는가? 다른 이들도 자네를 그렇게 볼 것이라고 생각하는가?"

"다른 이들의 시선은 상관이 없다."

"그런가? 그러면 내가 자네에게 더 이상 할 말은 없군. 일어나겠네."

슈거레이가 일어났다. 그에 마빈의 친구들은 더 이상 그에게 말을 걸지 않고 좁디좁은 공간을 벗어났다. 그들은 단 한 번도 뒤돌아보지 않았다. 아무런 미련도 없다는 듯이 말이다.

오히려 미련이 남는 것은 그들의 떠나는 모습을 바라보는 마빈이었다. 떠나가는 그들을 바라보는 마빈은 불쾌한 표정, 불안한 표정, 아쉬운 표정 등 수많은 감정이 묻어나고 있었다.

그는 한참을 그렇게 서 있었다. 시간이 어떻게 흐르는 줄도 모르면서 말이다. 그리고 밤이 되었을 때 겨우 움직이기 시작했다. 그가 움직인 곳은 바로 집 뒤편의 장작을 패던 곳이었다.

그는 언제나 하던 대로 이가 빠진 낡은 도끼를 들고 장작을 세운 뒤 위에서 아래로 내리쳤다.

쫘아아악!

마치 천이 찢어지는 소리를 내며 둘로 쩌억 갈라지는 통나무였다. 마빈은 무표정하게 통나무를 다시 세우더니 도끼로 갈랐다. 한 개의 통나무를 네 등분했다.

또 다른 통나무를 들어 올려 세웠다. 또다시 도끼가 움직였다. 그는 달이 뜨고 별이 뜨고, 별이 지고, 다시 날이 밝아오며 달이 희미해질 때까지 장작을 팼다.

하지만 그는 전혀 지쳐 보이지 않았고, 땀 한 방울도 흘리지 않았다.

쩌억!

마지막 하나의 장작이 네 등분되어 바닥에 널브러졌다. 마빈은 그러한 장작을 그저 멍하니 바라보았다. 그리고 들고 있던 도끼를 툭 던져 버렸다. 아무런 미련도 없다는 듯이 말이다.

"제기랄!"

밤새 장작을 팼음에도 피곤해하지도 힘들어하지도 않았던 마빈은 바닥에 털썩 주저앉아 두 손으로 머리를 감쌌다.

"늙은이. 늙은이라니… 뒷방 늙은이라니……."

말도 안 된다는 듯이 연신 늙은이라는 말을 반복하는 마빈이었다.

"난 늙은 것이 아니라 신중해진 것이다. 난 현실의 안온함을 추구하는 것이 아니라 객관적인 것이다. 그런데… 그런데 왜……."

마음에 들지 않았다. 자신의 생각은 확고한데 심장이 콱 막힌 듯 답답했다. 분명 자신이 옳다고 생각했다. 자신들은 과거 젊은이가 아니었다. 이미 나이 50에 손자를 볼 나이였다.

그것이 맞았다. 그런데 왜 이리 미치도록 가슴이 답답할까? 이성은 분명히 자신이 옳고, 냉정해야 한다고 말하는데 가슴은 이리 답답하단 말인가? 한참을 그렇게 퍼질러 앉아 있던 마빈은 문득 벌떡 일어나 집 안으로 들어갔다.

그리고 나무로 만든 침대 밑에 오래되어 먼지가 잔뜩 쌓여 있는 묵직해 보이는 상자를 꺼내 들었다. 상자는 크고 높이도 상당했다. 무언가 중요하고 무거운 것이 들어 있다는 듯이 육중한 소리를 내며 끌려 나왔다.

"후우우욱!"

마빈은 상자의 표면에 쌓여 있는 먼지를 입으로 불어 털어 냈다. 하지만 너무도 오랫동안 방치해서일까? 여전히 두툼한 먼지가 남아 있는 상자였다. 그에 마빈은 손으로 조심스럽게 그 먼지를 닦아내었다.

마빈의 손바닥은 금세 먼지로 가득해졌다. 마빈은 그런 것은 아무래도 좋다는 듯이 손바닥을 맞부딪혀 툭툭 털어냈다. 그리고는 조금 깨끗해진 상자의 뚜껑을 흔들더니 들어 올렸다.

열려진 상자 안.

그 안에는 풀 플레이트 메일과 고풍스러운 대검 한 자루가 놓여 있었다. 마빈은 조심스럽게 풀 플레이트 메일과 대검을 쓸었다. 문득 손가락에 전해지는 그 까칠함과 차가움에 온몸이 빠득빠득 소리가 나는 것 같았다.

그때 마빈의 입가가 씰룩거리더니 이내 아주 작은 미소가 걸렸다. 그러다 두툼한 대검을 잡았다. 검폭이 거의 20센티미터는 되어 보이고 길이는 2미터는 됨직했다.

거기에 손잡이만 해도 50센티미터 가까이 되어 보이는 대검이었다. 이내 땀에 젖은 마빈의 손이 암녹색으로 칙칙한 빛을 내고 있는 손잡이를 잡아갔다.

대검의 손잡이를 잡은 마빈의 팔이 부들부들 떨렸다. 손끝과 손바닥으로 전해지는 느낌. 그 느낌이 전신의 세포 하나, 땀구멍 하나하나를 모두 일깨우는 것 같았다.

그에 지금껏 무감정하게 착 가라앉아 있던 마빈의 눈동자에는 붉은빛이 떠올랐다. 더 이상 냉정함을 유지할 수 없었음인지 그의 입술이 뒤틀리며 육두문자가 튀어나왔다.

"젠장! 젠장!"

마빈은 연신 '젠장'이라는 말만 되풀이했다. 자신이 옳다고 생각했다. 자신이 신중해진 것이라 생각했다. 그런데 아니었다. 그의 심장은 아직 뜨거운 피가 흐르고 있었다.

마빈은 책상다리를 하고 그 위에 대검을 올려놓았다. 그리고 흥분하고 있는 자신을 달래려는지 두 눈을 꼭 감고 무릎 위에 올려진 대검을 두 손으로 꼭 잡았다.

그러기를 한참.

그의 눈이 스르르 떠졌다. 그리고 크게 숨을 들이켠 후 다시 내뱉었다. 그 후에 나타난 그의 얼굴은 모든 것을 정리했다는 듯이 평온한 표정이었다. 하지만 이전과는 조금 다르게 화색이 돌고 있었다.

결심이 선 것이었다.

그는 빠르게 움직였다. 상당히 거구임에도 불구하고 마빈의 행동은 그야말로 재빨랐다. 순식간에 모든 것이 정리되었다. 그저 바라만 보던 풀 플레이트 메일을 갖춰 입고, 마구간에 있던 말을 꺼내 여행하기 위한 모든 준비를 마쳤다.

그리고 그의 손에는 활활 타오르고 있는 횃불 하나가 들려져 있었다. 잠깐, 아주 잠깐 마빈은 자신이 오랫동안 머물렀던 집을 애틋한 눈으로 바라보았다.

툭!

화르르륵!

마빈의 손에 들려 있던 횃불이 집 앞 장작더미에 던져졌다. 이미 기름을 묻혀 놓았던지 불은 아주 잠깐의 시간 동안 나무 집을 붉은 아가리로 삼키고, 검은색의 연기를 내뿜고 있었다.

잠시 그 모습을 바라보던 마빈은 이내 몸을 돌려 세웠다. 그리고 말의 목을 토닥거리더니 훌쩍 올라탔다. 이미 이런 경험을 많이 했던 탓인지 마빈의 말은 전혀 미동조차 하지 않았다.

올라탄 마빈이 말의 배를 차려는 순간 그의 전면에 한 명의 인물이 다가오고 있었다. 잠시 의아한 눈을 하던 마빈의 얼굴에 이내 따뜻한 미소가 떠올랐다.

그의 앞에 나타난 이는 다름 아닌 마빈을 질책했던 슈거레이였다. 그가 나타남에 마빈은 단번에 전후 사정을 모두 알 수 있었다. 슈거레이는 결코 일행과 같이 가지 않았다.

자신을 기다려 준 것이었다. 자신이 도끼를 들고 장작을 팰

때에도, 검과 풀 플레이트 메일을 꺼내고 집을 정리할 때에도 그는 자신을 기다리고 있었던 것이다.

마빈의 얼굴에 웃음이 떠올랐다. 그에 슈거레이 역시 마주 웃었다. 아무런 말이 없었으나 그들은 서로의 뜻을 알고 있었다.

이윽고 마빈이 말을 몰아 슈거레이의 말과 머리를 나란히 하였다.

"오래 기다렸나?"

"조금."

"자네만인가?"

"더 바라는 자네가 염치없는 것이네."

나 혼자면 충분하다는 슈거레이의 말에 마비는 피식 웃음을 흘렸다. 기다려 준 것만도 고마울 지경에 더 많은 것을 바라는 자신의 욕심이었다. 자신이 과거의 자신이 아니듯 자신의 친구들 역시 과거의 친구들이 아님을 몰랐던 탓일 것이다.

"하긴 그렇군. 어쨌든 고맙네. 가지."

"그러지."

그들이 자신들을 일깨울, 아니 자신들이 꿈꿔왔던 새로운 행선지로 말을 몰아갈 동안 동부의 깊숙한 산중에서는 거친 숨소리가 들려오고 있었다.

"후욱! 후욱!"

급하게 숨을 들이쉬는 소리는 한 명만이 아니었다. 남루한 옷차림. 옷차림만으로 본다면 그들은 분명 어느 귀족가에서 도망쳐 나온 노예와 다름이 없었다.

그들의 남루한 옷차림 속에 언뜻 비치는 몸은 단단했으나 지렁이처럼 꿈틀거리는 상처는 보는 사람조차 인상을 찌푸리기에 충분했다. 팔은 물론, 다 찢어진 옷이 미처 가리지 못하고 드러난 그들의 등과 가슴 혹은 다리에는 상처가 빼곡했다.

가장 연장자이자 그들을 이끄는 자로 보이는 중후한 얼굴의 사내가 잠시 호흡을 가다듬고 있는 이들을 훑어보며 입을 열었다.

"어디쯤 왔을 것이라 생각하나?"

"후욱! 후우~ 길어야 네댓 시간 거리입니다."

중후한 사내의 물음에 일행 중 가장 체력이 약해 보이는 이가 피곤한 듯 입을 열었다. 그 말에 고개를 끄덕인 사내는 조금은 답답한 표정을 지을 수밖에 없었다.

생각보다 체력이 많이 떨어져 있었다. 동부의 숲 속을 헤맨지 벌써 3일째. 놈들은 자신들을 잡을 듯 잡을 듯하지만 잡지 않고 일정 거리를 둔 채 추격만 계속하고 있었다.

'인간 사냥인 것인가?'

그렇다.

이들은 인간 사냥을 당하고 있는 것이었다. 그래서 알면서도 모른 체 이들의 도주를 방관하고 있었고, 정확히 하루쯤이 지난 뒤부터 추격을 시작했다. 삼 일째 다다른 지금에 이르러서는 겨우 네댓 시간의 거리까지 좁혀들고 있었다.

기실 코린 왕국의 동부, 아니, 대륙의 귀족들 사이에는 인간 사냥이 알게 모르게 성행하고 있었다. 몬스터를 잡거나 혹은 야생동물을 사냥하는 것에 질린 일부 귀족이 인간을 사냥하고 인간의 피를 마시는 것이다.

대체 어디에서부터 시작되었는지 모르지만 코린 왕국의 동부는 물론이고, 대륙의 몇몇 알려지지 않은 변방에서는 그러한 일이 비일비재하다고 전해지고 있었다.

하지만 드러내 놓고 하지는 않았다. 인간이 인간을 사냥한다는 것에 대해 심한 거부감이 들기에 아무리 평민을 천하게 여기는 귀족이라 할지라도 쉽게 행동으로 옮길 수 있는 행동은 아니었기 때문이었다.

더군다나 인간이 인간의 피를 마신다니. 가끔 야생동물을 사냥하는 사냥꾼들이 오랫동안의 추격으로 인해 떨어진 체력과 영양을 보충하기 위해 야생동물의 피를 마시는 경우가 이긴 했다. 하지만 인간의 피는 마시지 않았다.

아주 은밀하게 알려진 사실이지만, 아니, 그저 떠도는 소문일지 모르지만 그들은 인간의 피는 물론이고, 인간의 살까지

먹는다는 말도 있었다.

물론 이것은 확인된 것이 아니라 소문일 가능성이 높았다. 하나, 인간 사냥을 하고 인간의 피를 마신다는 것은 이미 공공연한 일이 되고 있었다. 왕국은 그것을 알고 있음에도 불구하고 쓸데없는 소문이라 치부하며 아무런 조치도 취하지 않고 있었다.

하지만 지금 이 순간 사내는 느낄 수 있었다. 자신들은 사냥을 당하고 있었다. 그리고 느낄 수 있었다. 함께 도주를 감행한 동료들 중 상당수가 이미 사냥당하고 죽임을 당했다는 것을 말이다.

"추적하는 자들의 수는?"

"대략 열 명 내외입니다."

"척후인가?"

"그런 듯싶습니다."

지근거리에 있는 이들은 척후라 할 수 있다. 그러면 그들과 본대 간의 거리는 적어도 하루 정도, 혹은 반나절의 거리라 할 것이다. 만약 그들을 잡는다면 시간을 조금 더 벌 수 있을 것이다.

"잡을 수 있겠나?"

사내는 쉬고 있는 이들을 바라보며 입을 열었다. 그들은 대략 스무 명 정도였다. 아니, 정확하게 자신을 포함해 열아홉 명이었다.

　처음 사내와 함께 도주한 이는 오십 명이었다. 촌각을 다투는 시간인지라 정확한 인원을 파악하는 것은 쉽지 않았다. 하나 대략적으로는 알고 있었다.

　그런데 그 짧은 이틀간의 도주 끝에 남은 자는 이들뿐이었다. 서른 명의 일행이 죽은 것이었다. 물론 그들이 죽은 모습을 본 적도 있고, 일행이 살아남기 위해 그들을 미끼로 던지고 도주한 적도 있었다.

　하지만 그러한 사내의 판단을 탓하는 자는 그 누구도 없었다. 이들은 모두 자신의 운명을 알고 있었다. 도주하지 못하면 죽는다는 것을 말이다.

　그리고 더 이상 귀족가 여인네들의 노리갯감이나 남색을 즐기는 귀족들에게 쾌락을 주는 치욕을 받아들일 수 없었다. 인간 사냥이 의도적이든 아니든 간에 자신들은 이 비참한 상황에서 벗어나고 싶었다.

　꾹꾹 누르고 참아왔던 그들의 비분이 폭발한 것은 바로 귀족들 사이에서 퍼지고 있는 패트리아스 백작 가문의 부활이었다. 순간 그들의 뇌리에는 숨겨진 욕망이 꿈틀거리기 시작했다.

　현실의 비참함에서 벗어나고 싶다. 다시 과거의 영광을 맛보고 싶다는, 혹은 이 개돼지만도 못한 귀족가의 가축에서 벗어나고 싶다는 강렬한 욕망 말이다.

그래서 계획했다. 대규모의 탈주를 말이다. 참혹한 현실에서 벗어나기 위한 마지막 탈출구를 향해서 대규모의 탈주를 계획했다. 그렇게 할 수 있는 이유는 이미 귀족들은 자신들을 잊고 있었기 때문이다.

무려 30년 혹은 15년이라는 기나긴 시간 동안 자신들은 비틀린 욕망을 배출하는 그런 도구에 지나지 않았으니까.

그들의 경계가 느슨해지는 틈을 타 자신들은 모였고, 대규모의 탈주를 감행했다. 하지만 그것은 오산이었다. 그들은 알고 있었다. 그들은 자신들의 움직임을 알고 있었다.

하지만 손을 쓰지 않았다. 아니, 오히려 더욱 부추겼다. 어디서 어떻게 알게 되었는지는 모르지만 그들은 오히려 탈주를 기회로 자신들을 모두 정리하기로 한 것이었다.

자신들을 두고두고 써먹는 것도 좋지만 이제는 지겨워졌다는 것일 게다. 그래서 정리하기로 한 것이었다. 그것도 한 번에 피의 축제를 열어서 말이다. 자신들에게 희망을 보여주고 그쪽으로 길을 열어준 것이었다.

'결국 우리는 그들의 계획에 놀아난 것이로군. 불결한 욕망의 배출구로 말이지.'

그것을 깨닫는 데에는 긴 시간이 필요하지 않았다. 우왕좌왕해야 할 귀족들의 대응이 너무나도 치밀했기 때문이다. 그것은 사흘 내내 도주하면서 느끼는 본능과 같은 것이었다.

　그래서 사내는 결정을 내렸다.

　"척후를 친다."

　"……."

　"일행들이… 너무 지쳐 있습니다."

　"데릭!"

　일행을 걱정하는 사내의 이름을 부르는 사내였다. 그의 음성에는 단호함이 묻어나 있었다.

　"말씀하십시오."

　"여기서 죽을 것인가? 동료를 미끼로 던져 도주해 온 우리다. 다시 묻겠다. 여기서 죽을 것인가?"

　"……."

　데릭은 대답이 없었다. 대답 대신 자신에게 쏠린 시선을 느꼈을 뿐이었다. 그렇다. 자신들은 동료를 미끼로 여기까지 살았다. 더 이상 뭐가 필요할 것인가? 어떻게 해서든지 살아나야만 했다. 그래서 갚아주고 싶었다.

　그런데 너무 힘들었다. 사흘 내내 한 끼도 제대로 챙겨먹지 못했다. 피로함과 배고픔. 이것은 전투를 하는 것보다 더욱 심신을 지치게 만들었다.

　절망적인 생각이 데릭의 가슴과 머리를 가득 채우는 순간 일행의 리더인 미하일은 중후하게 혹은 결심이 단단히 선 음성으로 입을 열었다.

"난 죽기 싫다. 끝까지 살아남아서 저놈들에게 죽어간 동료들의 목숨을 보상받아야 하겠다. 그 더럽고 치욕스러운 과거를 보상받아야겠다."

그 한마디로 모든 것이 종료되었다. 자신들이 동료를 미끼로 삼으면서 살아남으려 했던 이유를 생각해 낸 것이었다. 지치고 죽을 만큼 힘들어서 잠깐 잊어버리고 있었다.

그것을 새삼 깨닫게 해주는 미하일이었다.

미하일. 그의 이름은 미하일 칼리시니코프 루 글로리어스.

과거 패트리아스 가문이 무너지고 왕국의 영광이라는 검의 명가인 칼리시니코프 후작 가문의 장자. 그의 아비인 후안 칼라시니코프 후작은 15년 전 헤밀턴 공작 가문의 공략으로 죽임을 당했다.

후안 칼라시니코프 후작이 죽었다는 것은 칼라시니코프 후작 가문이 멸문했다는 것을 의미했다. 그리고 칼라시니코프 후작 가문의 다섯 형제 중 장자인 미하일 칼라시니코프가 여기 있었다.

그의 눈은 이글이글 불타오르고 있었다. 절대 여기서 포기하지 않겠다는 그의 의지였다. 하지만 현실적으로 상당히 힘들다는 것을 알고 있었다. 그들의 수족에는 무겁기도 무겁지만 마나를 제어하는 팔찌와 발찌가 채워져 있었으니까 말이다.

하지만 그러함에도 미하일은 자신의 생각을 굽히지 않았다. 그만큼 그의 가슴속 깊이 자리 잡고 있는 울분은 지대한 것이었다. 현실을 망각하고라도 어떻게든 살아남아야만 한다는 그 복수지심 말이다.

"제가 잠시 망각하고 있었군요. 형님의 말을 따르겠습니다."

데릭 스웨인 드 리바인.

과거 15년 전 코린 왕국 남부 국왕파의 핵심 세력이었던 에릭 스웨인 드 리바인 백작의 독자. 그 또한 멸문당한 백작 가문의 인물이었다. 그 효용이 무력보다는 두뇌에 있었지만 말이다.

그래서 그는 더 괴롭힘을 당했다. 곱상한 외모와 뛰어난 머리. 귀족가의 여인네, 남정네들의 표적이 되었으니 말이다. 그렇게 그는 15년을 견뎌오고 있었다.

"쐐기 진형이다. 가장 선두에 내가 선다. 좌측 날개의 시작은 피터가, 우측 날개의 시작은 리처드가 맡는다. 충돌 후 새의 날개로 적을 둘러싼다. 이상!"

미하일의 말에 열여덟 명의 사내는 변변치 않은 무기를 꼭 쥐었다. 그들의 눈에는 어떻게 해서든지 그들을 죽이고 이곳을 벗어나고야 말겠다는 의지가 역력하게 드러나고 있었다.

그들은 비장한 표정을 지으며 흩어졌다. 거의 넝마 수준의 옷과 씻지 않아 자연의 냄새와 동일해져 버린 그들은 너무나도 자연스럽게 숲 속과 하나가 되었다.

미하일은 녹이 슬고 군데 군데 이가 빠진 검을 단단히 그러쥐었다. 그리고 허리를 숙여 조심스럽게 앞으로 전진했다. 그들의 전진 속도는 굉장히 느렸다.

척후를 맡은 이들은 이미 자신들의 위치를 파악하고 있었기 때문이다. 그 위치를 벗어나 역으로 자신들이 공격받는 것을 안다면 오히려 세가 불리함을 알고 도망칠 우려가 있었다.

미하일에게 있어서 척후는 결코 살아 돌아가서는 안 되었다. 그래야 본대가 혼란스러워할 것이다. 목적이 거기에 있으니까. 그러함으로써 시간을 벌 수 있으니까.

그런 생각에 느린 속도로 전진함에도 불구하고 30분 남짓한 거리에 열 명가량의 척후가 있는 것이 발견되었다. 그들은 자신들이 쫓는 이들이 움직이지 않자 무구와 장비를 풀고 휴식을 취하고 있었다.

경계가 느슨했다. 절호의 기회였다. 그들은 지금 방심하고 있는 것이었다.

'하늘이 우리를 돕는구나.'

미하일은 그렇게 느꼈다. 하늘이 자신들을 돕는 것이라고 말이다. 미하일은 크게 숨을 들이켰다. 이 한 번에 생사가 걸려 있었다. 문득 진득하게 묻어나는 손아귀의 땀이 느껴졌다.

그에 잠시 멈칫하던 미하일이 피식 웃었다. 긴장하고 있는
것이었다. 전투에 있어서 어느 정도의 긴장은 도움이 되지만,
지금과 같이 검을 잡고 있는 손에 땀이 나는 과도한 긴장은
좋지 않았다.

아주 가늘고 길게 숨을 들이쉬고 내쉬었다. 그제야 뻣뻣해
졌던 근육이 이완되며 적당한 긴장감으로 열기를 가지게 되
었다. 그는 조심스럽게 움직였다.

마치 숲 속의 제왕이 먹이를 사냥하는 것처럼 말이다. 그들
의 체향이 전해질 정도로 가까이 전해져 오는 시점에서 미하
일의 눈이 날카로워졌다. 바로 앞에 척후의 목이 보인 것이었
다.

미하일은 조심스럽게 왼손과 오른손을 앞으로 내밀었다.
쉬고 있던 척후가 무언가 이상함을 느꼈는지 뒤를 돌아보려
하는 순간이었다.

쉬익!

"……."

비명조차 없었다. 미하일은 순식간에 척후의 입을 막고 검
을 아래에서 위로 찔러 올렸다. 손에 묵직한 감각이 느껴졌
다. 어찌나 세게 찔렀던지 등 뒤임에도 불구하고 뾰족한 검의
끝은 심장 어림까지 도달했다.

미하일의 눈에는 자신과 같은 방법으로 피터와 리처드가 척후를 죽이는 것이 보였다. 그에게 보였는데 감각이 극히 예민한 척후가 그것을 느끼지 못했다면 오히려 이상한 일이었다.

지금 당한 세 명이야 너무 안일한 생각으로 경계를 풀고 있었기 때문이지만 말이다. 그것을 증명이라도 한 것인가? 당혹한 외침이 척후의 입에서 튀어나왔다.

"기, 기습이다!"

"……."

기습이라는 말에 척후들은 기민하게 움직였다. 그들의 행동을 보건대 분명 일반 병사는 아니었다. 갑작스러운 기습에도 불구하고 그들의 행동은 잘 훈련된 정예병처럼 신속했다.

"죽엿!"

"으와아악!"

미하일이 으르렁거렸다. 그에 삼면을 포위한 이들이 커다란 함성을 지르며 척후가 쉬고 있는 공간으로 뛰어들었다. 가장 먼저 뛰어든 이가 갑자기 펄떡 뛰더니 그대로 비릿한 향을 풍기며 뒤로 나가떨어졌다.

"크큭, 버러지 같은 놈들. 간덩이가 부었나 보군."

척후조의 조장으로 보이는 자가 진득한 살소를 머금었다. 비록 열 명밖에 되지 않는 척후조이지만 그들은 살인을 밥 먹

듯이 하는 용병이었다. 귀족들에게 고용된 살인귀였다.

그리고 마나를 다룰 줄 알았다. 창졸간에 당한 기습이라지만 이미 자신들의 무기를 들고 있음에 무서울 것이 없었다. 자신들을 기습한 이들이 가소롭게 느껴질 만도 했다.

하지만 척후들은 모르고 있는 것이 있었다. 이들은 비록 마나는 없지만 과거 위명이 쟁쟁하던 기사, 혹은 검을 고련한 이들이었다. 그리고 이날을 위해 지난 세월 동안 검을 손에서 놓지 않았다.

마나가 없다 하더라도 초급의 실력자라면 적어도 두세 명이면 충분히 감당할 수 있다. 척후들은 그것을 놓치고 있었다. 전투에 있어서는 작은 실수 하나가 곧 목숨과 연결된다.

그리고 그것을 증명이라도 하듯이 척후는 한 명씩 줄어들기 시작했다.

"이익! 이런 쌍!"

척후조장은 작금의 상황에 당황하여 검에 마나를 시전하고 득달같이 달려들었다. 하나 이미 단단히 각오하고 준비한 노예들이었다. 미하일은 급격하게 앞으로 나서며 죽은 척후의 대검을 비스듬하게 들었다.

촤화아앙!

날카롭게 빗겨나는 강철의 마찰음이 들려왔다. 그에 척후조장은 인상을 찌푸릴 수밖에 없었다. 아니, 겉과는 달리 속으로는 기겁을 하고 있음이 틀림없었다.

급박한 상황에서 일격을 날려 적을 제압하지 못하면 자신이 죽는다는 것을 경험적으로 알고 있기 때문이었다. 그것을 반증이라도 하듯이 척후조장은 갑자기 옆구리가 뜨끔해지는 것을 느낄 수 있었다.

"이익!"

어느새 파고든 낡은 철검이 방어구를 뚫고 들어온 것이었다. 그에 척후조장은 죽일 듯 이를 갈아붙이고 자신의 옆구리에 검을 집어넣은 자를 향해 검을 돌려 세우려 했다.

하나 그의 의도대로 되지는 않았다. 검을 빗겨 막은 미하일은 그 반동으로 몸을 한 바퀴 회전하여 척후조장의 뒤로 돌아 그대로 검을 낮게 휘둘렀다.

서걱!

"크으윽!"

미하일의 낡은 검은 정확하게 척후조장의 오금을 갈랐다. 아무리 방어구를 갖춰 입었다고는 하나 플레이트 메일이나 고급의 몬스터 가죽이 아닌 바에야 검에 잘리지 않을 이유가 없었다.

하나, 척후조장은 결코 노름을 해서 딴 것이 아닌지 오금을 베였음에도 불구하고 검을 휘둘러 자신의 옆구리에 일격을 가한 노예의 목을 베어내고 있었다.

"쓰벌. 별 거지같은 것들이."

그렇게 말을 하면서도 척후조장의 얼굴은 과히 좋지 않았다. 일단은 베인 오금 때문에 제대로 자세를 잡을 수 없었다. 지금은 오러를 시전하여 우세를 점하고 있다고 하지만 오러를 끝없이 시전할 수는 없는 입장이었다.

"크흐읍!"

그때 척후조장의 귓가에 죽음의 신음성이 들려왔다. 답답한 신음으로 보건대 이건 즉사였다. 세 명의 노예와 대치를 하던 척후조장은 슬쩍 그곳을 바라보았다.

'젠장!'

익히 알고 있는 얼굴이었다. 열 명의 척후조 중에 살아남은 이들은 자신을 포함하여 겨우 넷이었다. 여섯의 척후조를 죽이기 위해서 거의 열둘에 이르는 노예가 죽어갔지만 여전히 두 배 이상의 차이가 나는 것은 분명했다.

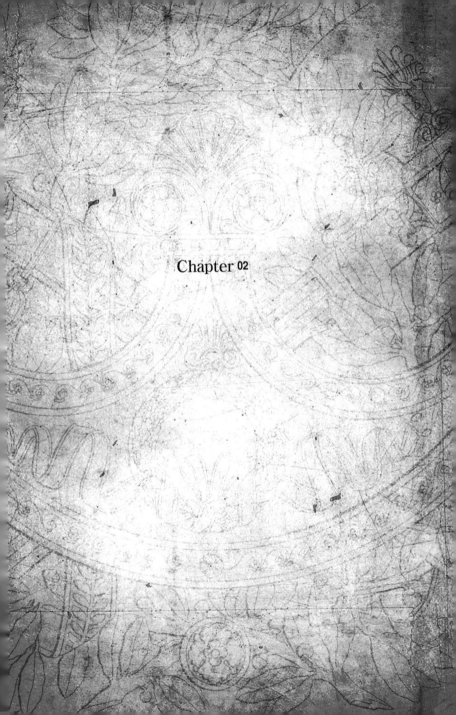

Chapter 02

"후-우~"

척후조장은 길게 호흡을 가다듬었다. 자신을 상대하고 있는 자가 노예들을 이끄는 자가 분명했다. 만약 마나 제어구를 착용하지 않았다면 필시 이미 자신은 땅에 널브러져 있을 것이다.

어찌 보면 비겁하다 할 수 있겠으나 생사가 갈리는 와중에 비겁이 어디 있는가? 살아남으면 되는 것을 말이다. 그에 척후조장의 입가에는 비열한 웃음이 떠올랐다.

"하압!"

소리를 지르며 앞으로 쇄도하던 척후조장은 미하일과 근접한 거리에서 무언가를 앞으로 뿌렸다. 그것을 본 미하일은 급격하게 뒤로 빠졌지만 이미 척후조장이 뿌린 무언가를 들이킨 상태.

"컥!"

"새끼들이! 뒈질려고."

답답해하며 눈을 감는 미하일과 그를 보며 이죽거리는 척후조장. 그는 이 상황을 즐기지 않았다. 달려가는 그 상태 그대로 검을 미하일의 가슴을 향해 찔러 넣고 있었다.

"위험!"

그때 시커먼 그림자가 눈을 감고 급격한 통증을 호소하는 미하일을 밀쳐내며 척후조장의 검을 받았다.

"미친 새끼!"

"커허억!"

척후조장의 검은 정확하게 미하일을 밀쳐낸 그림자의 심장을 관통했다. 끈적한 핏물이 척후조장이 든 검의 혈조를 따라 주르륵 흘러내렸다. 싸늘한 비웃음 베어 문 척후조장이 검을 꺼내려 했다.

하나,

검은 꼼짝도 하지 않았다. 검이 관통한 검은 그림자. 그자는 두 손으로 척후조장의 검을 꽉 쥐고 있었다. 입에서도 심장에서도, 검을 잡고 있는 두 손에서도 핏물이 연신 흘러내리고 있었지만 가슴을 관통한 그림자는 하얗게 웃고 있었다.

"이. 이런 씨. 씨발!"

당혹스러운 척후조장의 말이 튀어 나왔다. 그의 입에서는 검붉은 핏물이 게워져 나오고 있었다. 그가 바라보고 있는 곳은 자신의 심장을 삐죽하게 관통해 나온 녹슨 검 끝이었다.

"씨, 씨발. 여기서 죽네."

그 말을 끝으로 척후조장의 고개가 푹 꺼졌다. 그리고 그대로 앞을 향해 고꾸라지고 있었다.

풀썩!

척후조장의 등 뒤에는 여전히 녹슨 철검이 꽂혀 있었다. 검을 꽂아 넣은 자는 데릭이었다. 데릭은 죽은 척후조장은 안중에도 없다는 듯이, 아직도 심장에 박힌 척후조장의 검을 두 손으로 잡고 있는 자에게 다가가 무릎을 꿇고 고개를 들어 올렸다.

"쿨럭! 몇 명이나……."

"그만! 그만 말해라!"

데릭의 말에는 물기가 묻어나 있었다. 그러한 데릭의 얼굴을 바라보던 사내는 핏물이 묻은 입을 열어 히죽 웃었다. 하얀 이가 자리 잡아야 할 곳에 검붉은색의 핏물이 자리하고 있었다.

"살아… 꼭 살아서 내 몫까지…….

"그래. 그래. 알았다. 알았으니까…….

순간 데릭은 더 이상 말을 할 수 없었다. 이미 자신의 품속에 있는 이는 죽었다는 것을 느꼈기 때문이다. 싸늘해지지는 않았으나 심장의 고동이 없었다. 뻣뻣하게 굳어져 가는 신체와 감기지 않은 채 움직이지 않는 동공이었다.

데릭은 한참 동안 그자를 자신의 품속에 안고 있었다. 그때, 하나의 두툼하고 투박한 손이 죽은 자의 눈을 감겨주고 있었다. 그에 데릭은 그 손의 주인을 바라보았다.

미하일이었다.

미하일의 눈은 잔뜩 붉어져 있었다. 눈에 무언가가 들어간 후유증 때문인지, 아니면 지금의 이 기가 막힌 상황 때문에 그런 것이지는 모르지만 말이다.

"가자! 그리고 반드시. 반드시 살아남자."

끄덕!

그의 말에 살아남은 다섯 명이 주변으로 몰려들었다. 그들의 손에는 어느새 척후조의 무기가 들려 있었고, 척후조의 방어구, 그리고 척후조가 가지고 있던 식량이 들려 있었다.

데릭이 그들의 모습을 보고는 자신이 안고 있던 자의 가슴에 꽂혀 있는 척후조 조장의 검을 뽑아 들었다. 죽었음에도 불구하고 가늘게 떨리는 시신이었다.

데릭은 슬픈 눈으로 그를 바라본 후 칼을 털어 피를 뺐다. 그 모습을 말없이 지켜보던 미하일이 고개를 주억거리며 몸을 돌려세웠다.

"잊지 않을 것이다."

"그렇지요."

방금 전 눈이 벌게지도록, 혹은 입술에 피가 나도록 꽉 깨물던 모습은 온데간데없었다. 하지만 그들의 그 담담한 모습은 오히려 분노할 때보다 더욱 강렬한 무언가를 남기고 있었다.

"준비 완료되었습니다."

마침 살아남은 인원 중 한 명이 보고를 했다. 미하일은 뒤를 훑어보았다. 자신을 포함해서 겨우 여섯. 처음 같이 출발한 인원은 120명이 넘었다.

그런데 단 삼 일 만에 여섯 명으로 줄어버렸다. 이 여섯 명의 어깨에 114명의 죽음이 올려져 있는 것이었다. 아마도 여러 귀족가문에서 동반으로 실시된 이번 대탈주에서 많은 이들이 자신의 어깨 위에 수많은 죽음을 올려놔야 할 것이다.

싫든 좋든 간에 말이다. 그렇지 않으면 살아남을 이들은 별로 없을 것이기에. 하지만 미하일은 자신조차 이 지옥 같은 인간 사냥에서 살아남을 수 있을까 하고 묻는다면 결코 '그렇다.' 라고 답할 수 없었다.

그렇게 미하일을 비롯한 살아남은 여섯 명이 걸음을 옮겼다. 수많은 동료의 죽음을 뒤로하고 말이다. 걸음을 옮기는 그들의 표정은 결코 편안하지 않았다. 오히려 파리하다 말할 만큼 창백했다.

옮기는 걸음걸음은 모두 은밀하기 그지없었으나 야생의 곤충들은 그들이 걸어오는 반대 방향으로 몸체를 날렸고, 시끄럽게 지저귀던 새들은 입을 닫고 있었다.

*   *   *

패트리아스 백작 영주 성의 아담한 접대실.

네 명의 귀족과 그를 호위하는 기사들, 그리고 제논과 클라렌스가 마주하고 앉아 있었다. 그런데 그 분위기가 가히 좋지 않았다. 제논이나 클라렌스야 원체 남 앞에서는 그 표정을 드러내지 않으니 그렇다 하더라도 그 둘을 만나고 있는 네 명의 귀족과 기사들 얼굴은 딱딱하게 굳어져 있었다.

그들은 제논을 중심으로 좌측과 우측으로 각기 두 명씩 앉아 있었는데 모두 각 방면에 위치한 실력자였다. 제논을 중심으로 좌측에 앉아 있는 둘은 영지의 북쪽과 동쪽에 접해 있는 람페두사의 필리프 코셔 백작, 그리고 프리타운의 마리오 드라기 백작이었다.

우측에서 얼굴을 딱딱하게 굳히고 있는 두 명의 귀족은 영지의 남쪽과 접한 몰타의 케빈 두에르스트 배작과 서쪽에 접해 있는 산드라고사의 조너선 랜디 백작이었다.

그들이 이렇게 제논을 찾아온 것은 결코 제논에게 우호적은 감정이 있어서가 아니었다. 지금 제논을 향해 무시무시한 시선을 내뿜고 있는 것을 보면 당장에라도 알 수 있는 사실이었다.

"그러니까… 어쩔 수 없다 이 말이오?"

"그렇소."

"허어~"

제논의 우측 접대용 의자에 몸을 푹 파묻은 상태에서 다리를 꼬고 있던 중년의 귀족, 몰타의 두에르스트 백작이었다. 그의 얼굴은 지금 울긋불긋해져 있었다.

"그것이 정녕 백작의 결정인 것이오?"

"그렇소."

몰타의 두에르스트 백작이 재차 물음에도 여전히 무표정하게 대답하는 제논이었다.

"그들은 노예요. 그것도 과거 왕국의 정보를 팔아먹거나 혹은 적국과 내통한 역적죄로 멸문당한 가문의 생존자거나 그 후손이라 할 수 있소. 만약 그들을 감싼다면 백작은 지금 역적의 가문을 옹호하는 것이오."

람페두사의 코서 백작이 무겁게 입을 열었다. 제논의 시선이 이번에는 그에게로 향했다. 그리고 담담하게 입을 열었다.

"본작의 가문이 복권됨을 기점으로 하여 현 국왕 전하께서는 30년 전과 15년 전에 일어났던 역모 및 기밀 정보 유출에 관한 사항에 대해서 모든 죄를 사한다는 명을 내린 것으로 알고 있소만."

"그……."

"……."

제논의 말에 지금까지 흉흉한 기세를 피워 올리던 귀족들은 깜짝 놀라며 입을 다물었다. 그들은 이미 제논이 말한 사실을 알고 있었던 것이다. 하나, 단 한 명만 살짝 굳어진 얼굴로 되묻고 있었다.

"그… 말 책임질 수 있는 것이오?"

바로 프리타운의 드라기 백작이었다. 네 명의 귀족 중에서 유일하게 국왕 혹은 귀족파에도 속하지 않은 중도의 길을 걷고 있는 귀족이었다.

그러한 프리타운의 드라기 백작을 보며 제논은 극히 미미하게 표정을 변화시켰다. 제논의 미묘한 표정 변화처럼 접대실 내에서의 분위기 역시 미묘하게 틀어지고 있었다.

귀족파에 속한 세 명의 귀족이 제논을 몰아붙일 때에도 별다른 말없이 상황을 그저 지켜보기만 했던 드라기 백작이었다. 그러한 그를 예의 주시하고 있던 제논이 단 한마디로 그 사이에 존재하는 미묘한 틈을 파고들고 있었다.

"어떻게 하면 백작께서 말씀하시는 책임에서 자유로워질 수 있는지요."

다른 세 명의 귀족과는 확실히 다른 제논의 태도였다. 그것은 세 명의 귀족은 물론, 그 말을 듣는 당사자 역시 확연하게 느낄 수 있었다. 그에 세 명의 귀족은 썩은 스프를 마신 듯 얼굴이 일그러졌다.

"책임으로부터의 자유……. 확실한 방법은 역시 그 문서를 눈으로 보는 것이겠으나, 본작이 알 수 없을 정도면 상당한 극비 문서일 터. 문서를 보는 것보다는 그 내용을 전해 듣거나 혹은 그 문서를 확인한 경로를 들을 수 있을는지요."

프리타운의 드라기 백작의 요구는 타당한 것이었다. 물론 문서를 보여달라면 못 보여줄 것도 없다. 왕국에 자료를 요청하면 되니까. 국왕 역시 자신이 아직까지는 필요한 입장, 당연히 적극적인 협조가 있을 것이기 때문이었다. 상황에 따라 다르겠으나 지금 같은 때에는 당연했다. 그리고 언젠가는 공표할 일이니 망설일 이유도 없는 것이다.

그것으로써 국왕이 얻을 수 있는 전략적인 이점이 상당하니까 말이다.

"예상외의 질문이기는 하나 그리해서 의문이 풀린다면 그러도록 하겠소. 단, 갑작스러운 제안이기에 충분한 자료를 준비치 못했으니 영접관에 머물고 계신다면 일간 날을 잡아 초대토록 하겠습니다."

물 흐르듯 자연스럽게 대하는 제논의 말에 드라기 백작 역시 고개를 끄덕였다. 딱히 그의 태도에서 허점이나 가식을 찾아볼 수 없었기 때문이었다. 물론, 귀족파에 속한 세 귀족처럼 꼬투리를 잡으려 한다면 잡지 못할 것도 없었다.

하나 드라기 백작은 이곳에 온 진정한 목적이 꼬투리를 잡거나 혹은 탈주한 노예를 되찾기 위한 것이 아니었다. 그의 영지에는 애초에 탈주한 노예 자체가 없었으니 말이다.

그러나 드라기 백작을 제외한 세 귀족은 전혀 인정할 수 없다는 표정을 짓고 있었다. 제논을 압박하기 위한 첫 번째 일부터 틀어지기 시작한 것이었다.

그들은 지금 상당히 당황한 상태였다. 설마 그 사실을 제논이 알고 있을 줄은 몰랐기 때문이었다. 왕국의 수도, 혹은 왕국의 행정을 담당하는 부서에 상당한 끄나풀이 있음에도 불구하고 최근에 알게 된 사실이었기에 설마 제논이 알고 있을까 하는 생각을 가지고 있었기 때문이었다.

또한, 세 귀족은 은근하게 드라기 백작을 경계하고 있었다. 동부에서 몇 안 되는 중도파의 수장격인 자가 바로 드라기 백작이었기 때문이었다.

다른 지역의 중도파와는 다르게 동부의 중도파는 힘이 없어 중도를 선택한 것이 아니었다. 충분한 힘이 있음에도 불구하고 스스로 중도를 선택한 이들이 대부분이었다.

때문에 동부의 귀족파 역시 그들을 쉽게 경시하지 못했는데 지금 이곳에 그중도파의 수장격인 자가 있으니 당황하지 않을 수 없는 것이었다. 이러한 경우는 생각지 못했던지 귀족파의 세 귀족은 엉덩이를 들썩이며 빠르게 현 상황에서 벗어나고자 하였다.

"커흐음. 하면, 그 시간을 기다리지요."

"부디 허황된 사실이 아니길 바라겠소."

그렇게 한마디씩 남기며 세 명의 귀족은 자리에서 일어나 부리나케 집무실을 벗어나려 하고 있었다. 하나, 드리기 백작은 그냥 그대로 앉아 있었다. 무언가 제논에게 더 할 말이 있다는 듯이 말이다.

"흠. 드라기 백작께서는 무슨 할 말이 더 있는 것이오?"

자신들이 의자에서 엉덩이를 뗐음에도 불구하고 여전히 앉아 있는 드라기 백작을 바라보며 산드라고사의 랜디 백작이 물었다. 그의 눈동자에 의혹이 잔뜩 물들어 있음은 말할 것도 없었다.

"아! 뭐 개인적으로 패트리아스 백작과 할 말이 있어서요. 볼일을 다 보셨다면 이만 자리를 비켜주시기 바라오."

드라기 백작은 귀족파의 귀족 세 명을 대하면서도 의연하기 그지없었다. 마치 원래부터 그랬던 것처럼 말이다. 그러한 드라기 백작이 태도와 아무 말 없이 자신들을 지켜보는 패트리아스 백작을 번갈아 쳐다보던 랜디 백작은 굳은 얼굴로 집무실을 벗어났다.

그에 마찬가지로 상당히 의문스러운 눈초리를 하고 있던 패트리아스 백작과 드라기 백작 역시 답답한 신음성을 내며 집무실을 주춤주춤 벗어났다. 그들이 집무실의 문을 닫고 나서는 순간 제논은 드라기 백작을 향해 시선을 움직였다.

"하실 말씀이 있으시다고요?"

"그렇소."

"길어질 이야기인지요."

"글쎄요. 길어질지 아니면 짧아질지는 백작의 반응에 따라 달라질 수 있겠지요."

"그래요? 하면 듣도록 하겠소."

조금은 도전적인 드라기 백작의 말에도 불구하고 제논은 흔들림 없이 말을 잇고 있었다. 하나, 정작 드라기 백작은 입을 열지 않고 있었다. 그의 시선이 머무는 곳에는 클라렌스가 있었다.

"그녀는… 이 자리에 있을 충분한 사람이오."

제논의 말에 눈썹을 살짝 들었다 내리는 드라기 백작이었다. 그의 눈에는 의혹이 가득 차 있었다. 패트라아스 백작이 성혼을 해 일가를 이루었다는 소리는 들은 적 없었기 때문이었다.

"그녀는 클라렌스 프라네리온 백작. 과거 헤밀턴 공작 가문의 삼 공녀였던 귀족이오."

"그렇다면……."

반론을 제기하려던 드라기 백작이었다. 하나, 그의 말은 끝까지 이어지지 않았다.

"그녀는 가문을 버렸으며, 스스로 프라네리온이라는 성을 사용하여 그들과의 연을 끊은 지 오래이오. 또한 그녀는 내가 믿는 가장 가까운 사람 중 한 명이라고 할 수 있을 것이오."

드라기 백작은 물론 클라렌스의 눈동자마저 흔들렸다. 가장 믿는 사람 중의 하나라는 말 때문이었다. 지금의 이 자리는 측근 중의 최측근이 아니고서는 결코 참관할 수 없는 자리임에 분명했다.

그것은 그만큼 그녀를 믿는다는 말이 될 것이다.

물론, 여전히 무표정을 가장한 채 제논의 뒤에서 시립해 있는 클라렌스에게는 약간은 다른 의미로 다가가고 있었으나, 표정의 변화가 없기에 그 속내를 알 수 없는 것은 사실이었다.

"하면, 믿겠소."

끄덕.

드라기 백작의 말에 그저 담담하게 고개를 끄덕이는 제논이었다. 믿어도 된다고 애원하는 것보다, 혹은 강요하는 것보다 몇 배나 더 믿음직스러운 행동이었다.

"일단은 과거의 영광이 복권되어 축하하는 바이오."

"고맙게 그 마음을 받겠소."

공치사였다. 제논 역시 아무런 감흥이 없는 얼굴로 받아들였다. 제논의 태도에 잠시 고개를 끄덕이던 드라기 백작이 입을 열었다.

"하면, 단도직입적으로 묻겠소."

"……."

제논은 말이 없었다. 하나 궁금하기는 했다. 동부의 실력 있는 네 명의 백작 중에서도 상당히 견고한 입지를 자랑하고 있는 중도의 드라기 백작이 자신에게 할 말이.

"패트리아스 백작께서는 지금의 왕국을 어떻게 생각하시오."

"……."

상당히 의외의 물음이었다. 그에 대한 세상의 평은 왕국의 정치적인 문제에 대해 극히 소극적이며 어떠한 관심조차 보이지 않는, 거의 있는 듯 없는 듯 지내는 백작이라는 내용이었기 때문이다.

제논의 표정이 조금은 조심스럽게 변했다. 그것은 클라렌스 역시 마찬가지였다. 굉장히 위험스러운 질문이었다. 드라기 백작에 대해서 어느 정도 정보를 가지고 있기는 하지만 그를 믿을 수 있는 것은 아니었기 때문이었다.

중요한 것은 드라기 백작이 대체 어떤 의미로 질문을 던졌느냐 하는 것이다. 그가 중도파이기는 하나 모를 일이었다. 잠시 말문을 닫았던 제논이 느릿하게 입을 열었다.

"어떻게 생각하느냐라……."

하나 제논은 그러한 세간의 평, 혹은 알 수 없는 상황에 대해서는 접어두고 드라기 백작의 질문에 대해서 자신의 생각을 말하기로 했다. 그가 자신에게 그러한 것을 물어보았을 때는 필시 연유가 있을 것이라 생각했기 때문이었다.

어쩌면 그는 세간에 알려진 대로 정치나 혹은 왕국의 일에 전혀 관심이 없는 것이 아닐지도 몰랐다. 만약 그것이 사실이라면 그는 실로 대단한 지략가라 할 수 있을 것이다.

"한마디로 풍전등화라 할 수 있을 것이오."

제논의 말에 드라기 백작은 그저 말없이 고개를 끄덕였다. 그리고 무언가를 생각하는지 자신의 앞에 놓여 있는 찻잔을 들어 한 모금 마셔 입안을 적셨다. 그러한 일련의 행동은 상당히 느릿해, 보는 사람이 답답할 지경이었다.

성격 급한 사람이라면 재촉할 법도 했으나 제논은 그저 그와 행동을 맞춰 자신 역시 찻잔을 들어 입안을 적실 뿐이었다.

"나는 말이오……."

그리고 찻잔을 내려놓음과 동시에 드라기 백작은 무거운 입을 열었다. 그에 제논 역시 찻잔을 내려놓고 말을 경청했다.

"현 왕국이 바뀌어야 한다고 생각하오."

딸깍!

찻잔을 소리 나도록 내려놓는 드라기 백작이었다. 아니, 너무 조용한 상황이기에 그저 평소와 다름없는 행동임에도 불구하고 커다란 소리로 다가오고 있었다.

실로 대단한 말이었다. 국왕이 바뀌는 것이 아니라 왕국 자체가 바뀌어야 한다는 말이었다. 이것은 스스로가 왕이 되겠다고 하는 것보다 더 충격적이었다.

"……."

하나 제논의 표정은 담담했다. 처음부터 고수했던 무표정을 그대로 간직하고 있었다. 그것은 클라렌스 역시 마찬가지였다. 둘은 전혀 의외의 표정을 짓고 있었다.

드라기 백작은 자신의 폭탄 같은 발언에도 아무런 반응을 보이지 않는 두 사람을 흘깃 바라보았다. 그는 미미하게 고개를 주억였다. 상당히 위험한 발언임에도 불구하고 의외로 담담한 반응을 이미 예측이라도 했다는 듯이 말이다. 드라기 백작은 다시 자신의 생각을 말하기 시작했다.

"이 왕국은 말이외다, 이미 30년 전 왕국의 검이자 방패의 가문이 무너질 때부터 그 생명을 다했다고 할 수 있소. 그리고 15년 전 있었던 피비린내 나는 숙청은 이 왕국을 위하는 충(忠)과 의(義)조차 완전하게 꺾었다 할 수 있소."

드라기 백작의 말에 제논은 미미하게 고개를 끄덕일 뿐이었다. 조금이라도 지각을 지닌 귀족들이라면 지금 드라기 백작이 하는 말이 무엇을 뜻하는지 단박에 알아차릴 수 있을 것이었다.

"아(我) 왕국은 북서의 방향으로는 대륙에서 가장 많은 인구와 2백만에 이르는 막강한 군사력을 보유하고 있는 히르센 제국이 있고, 동으로는 왕국 중 제일의 무력으로 마법 전력이 뛰어난 나파즈 왕국이 있소."

또한 남서의 방향으로는 히르센 제국과 비할 바는 못 되지만 그 못지않은 인구와 군사력을 가진 첸더스 왕국과, 북으로 동토의 제국이라 불리는 파시에트 제국이 존재했다.

어느 하나 만만한 왕국이나 제국이 없었다. 아니, 만만한 것이 아니라 강자들의 틈바구니에서 살아남은 코린 왕국 자체가 실로 대단하다 할 것이었다. 무려 수백 년을 그렇게 존재했으니 작은 영토라 하나 코린 왕국을 얕보는 왕국은 드물었다.

그리고 코린 왕국이 그 쟁쟁한 왕국과 제국 속에서 살아남은 이유의 근간은 바로 문관 귀족과 무관 귀족들의 적절한 견제와 함께 상생을 하는 정치 덕분이었다.

그런데 30년 전 그것이 최초로 무너져 내리기 시작했고, 15년 전 완전하게 무너졌다. 식자들은 코린 왕국의 운명이 다했음을 탄식하였고, 왕국을 떠나거나 혹은 깊고 깊은 곳으로 몸을 숨겼다.

국왕은 문제없다고 한다. 하나 알 만한 사람은 다 안다. 코린 왕국은 실제 국왕의 입김보다는 귀족의 정점에 서 있는 헤밀턴 공작 가문 아래에서 영도되고 있다는 것을 말이다.

코린 왕국에는 영지를 가진 귀족만 1천 명에 이른다. 그중 영지를 가지지 못한 귀족들과 혹은 각 귀족들에 충성 서약을 한 귀족, 기사들까지 한다면 귀족의 수는 거의 기하급수적으로 늘어날 수밖에 없었다.

그리고 그러한 귀족들은 국왕파와 귀족파. 그리고 중도파로 나뉘어져 있었다. 하지만 국왕파나 귀족파 혹은 중도파라고 해서 그들이 오직 코린 왕국을 위한 귀족들이냐 하면 그렇지도 않다.

그 속에서도 친 제국파와 친 왕국파로 나뉘어져 있었다. 친 왕국파는 바로 나파즈 왕국을 일컬었으며 친 제국파는 또다시 히르센 제국 쪽과 파시에트 제국 쪽으로 갈려져 있으나 대부분의 친 제국파는 히르센 제국 쪽에 발을 담그고 있었다.

코린 왕국을 이끌어 나가는 귀족들이 이러할진대 어찌 코린 왕국이 존재한다고 할 것인가? 물론 코린 왕국이 주변의 제국이나 혹은 왕국을 압도할 때도 그러한 것이 존재하지 않는 것은 아니었다.

하나, 지금과 같이 극명하게 파를 나눠 서로 대립하고 견제한 적은 없었다. 거기에는 현 코린 왕국의 국왕 역시 한 몫을 단단히 하고 있었다. 그는 현 헤밀턴 공작을 밀어내기 위해 제국과 손을 잡고 있었다.

늑대를 피하려다 호랑이를 끌어들인 꼴이나 다름없었던 것이다. 정작 그 자신은 그것을 인정하지 않고 있었지만 말이다. 코린 왕국의 국왕은 항상 이렇게 변을 한다.

"과인은 제국을 이용할 뿐이다."

하나, 대부분이 식자들은 그 소리에 코웃음을 칠 뿐이었다. 코린 왕국을 다스리는 국왕의 그릇이 히르센 제국을 이용할 만큼의 그릇이냐고 하면 다들 고개를 가로저을 뿐이었다.

코린 왕국의 국왕은 그런 인물이었다. 그를 중심으로 따르고 있는 국왕파의 귀족들 역시 그러했다. 그래서 드라기 백작은 중도를 선택했다. 알기에, 자신의 생각 외에 어떤 생각을 받아들이지 않는 국왕임을 알기에 말이다.

물론 뭇 귀족들은 그것을 모른다. 드라기 백작이 그만큼 철저하게 위장을 했다는 것을 증명하는 단면이라 할 수 있었다. 철저하게 용의주도한 그런 사람이었다.

드라기 백작이라는 사람은 말이다.

"국왕은 국왕대로 이 왕국에는 관심이 없고, 자신의 잃어버린 권력을 찾기 위해 정사를 돌보기보다는 견제와 의심, 그리고 경합을 붙이고 있소. 그래서인지 왕국의 정무를 돌봐야 할 귀족들은 자신들의 이권과 권력을 유지하기 위해 진창에서 서로 물어뜯고 있소."

제논은 이쯤해서 말을 잘라야 할 필요성을 느꼈다. 드라기 백작이 도대체 어떤 생각을 가지고 있는지 명확하게 알아야 하기 때문이었다. 이것이 의심인지 혹은 시험인지 또는 서로의 생각을 알아감인지 말이다.

"그러한 중요한 이야기를 왜 본작에게 하는 것인지 모르겠소. 본작 또한 국왕의 은을 입어 복권된 한낱 귀족일 뿐이거늘……"

제논은 짐짓 얼굴을 굳히며 입을 열었다. 하나, 드라기 백작은 그러한 제논의 말에도 불구하고 입가에 엷은 미소를 떠올리고 있었다. 아마도 이런 반응을 보일 줄 알았다는 듯이, 혹은 지금 제논이 보이는 반응이 어떤 속내를 가지고 있는지 이미 알고 있다는 그런 의미의 미소였다.

"알고 있소. 하나, 분명한 것은 귀작은 본작을 내치지 않을 뿐더러 본작의 말에 지극한 호기심을 가지고 있음을 알고 있소."

"어찌 그것을 장담하시오."

여전히 무표정한 제논과 여전히 입가에 엷은 미소를 띠고 있는 드라기 백작이었다. 그들의 시선은 마치 서로의 심중을 꿰뚫어 보고 있다는 듯이 상대를 직시하고 있었다.

"본작의 발언이 충분히 위험하다는 것을 아오. 또한 작금의 상황에서 귀작을 찾아와 이런 위험한 발언을 하며 의중을 파악하려 하는 본작의 행동이 충분히 의심스럽다는 것은 인정하오."

"……."

드라기 백작의 말에 제논은 어느새 뜨거운 찻물로 채워진 찻잔을 들어 자신의 입으로 가져갔다. 그러한 모습을 한 치의 틈도 없이 지켜보고 있는 드라기 백작이었다.

자신의 발언이 위험하고, 제논에게 어떠한 신뢰도 받지 못할 것임을 알고 있었다. 그러한 그의 눈에는 어떤 신념이 담겨져 있었다. 세사에 찌들고 권력과 이권에 맛 들린 귀족의 그러한 눈빛이 아닌 어떤 목표를 위해 부단히 노력하는 강한 신념이 담겨져 있었다.

진심(眞心)이라는 말이 있다. 진심이란 거짓이 없는 참된 마음이라는 뜻이다. 말은 그리하나 어찌 진심을 알아볼 수 있을까? 보이지 않는데 말이다. 하지만 진심이라는 말이 생긴 것은, 사람은 그것을 알 수 있기 때문이다. 상대방의 거짓이 없는 참됨을 말이다.

그 연유는 바로 웅변과 문학에서 찾을 수 있다. 입을 통하여 상대방에게 자신의 의사를 전달하는 말, 혹은 글로 표현하는 문장 속에는 감정이 있어 이 보이지 않는 진심이 느껴진다.

그래서 책을 보면서 혹은 상대방의 말을 들으면서 울고, 웃고, 화내며, 비통해한다. 그것은 그 속에서 진심이 전해져 오기 때문이었다. 지금 제논은 드라기 백작의 말 속에서 그것을 느끼고 있었다.

"거두절미하고 본작은 그중심에 귀작이 설 것임을 제안하는 바이오."

드라기 백작의 단도직입적인 말이 흘러나왔다. 하나, 제논은 그러함에도 불구하고 침착하기 그지없었다.

앞뒤 자르고 그저 단순하게 전해져 오는 말에는 상당한 울림이 있었다.

제논은 물었다.

"본작이 그중심에 서야 할 연유가 있을까 하오."

제논은 드라기 백작의 의지를 읽었다. 하지만 그렇다고 덜

컥 수락할 수는 없었다. 심중은 충분히 전달받았으나 그것을 입을 통하여 말로써 듣지 못했기 때문이다. 드라기 백작은 그 물음이 당연하다는 듯이 다시 입을 열었다.

"첫째로 귀작의 최종적인 목적이 바로 헤밀턴 공작 가문의 멸문이기 때문이오. 그와 더불어 헤밀턴 공작 가문의 사냥개 가문인 오브레임 후작 가문의 가주와도 상당한 악연으로 연결되어 있기 때문이오."

"……."

제논은 차를 마시며 말없이 드라기 백작의 말을 경청했다. 그는 자신에 대해서 상당히 폭넓게, 그리고 철저하게 준비했음이 분명했다. 하지만 결코 기분이 나쁘지는 않았다.

'나쁘지 않군.'

그 연유를 생각하는 제논이었다. 서로가 필요했다. 서로의 목적을 달성하기 위해서 말이다.

제논은 가문의 복수를 위해 세력이 필요했고, 드라기 백작은 자신의 생각 혹은 야망을 관철시키기 위해 그 중심을 잡아 줄 인물이 필요했다.

때문에 자신도 자신의 영지 주변 모든 귀족을 세세하게 조사했다. 세력을 갖추기 위해서 말이다. 제논과 드라기 백작의 이해관계가 맞아떨어지고 있는 것이었다.

"둘째로 귀작의 가문은 여전히 이 코린 왕국의 가장 충실하고 영광스러운 가문이라는 것이오. 또한 귀작의 가문은 코린 왕국의 역사와 같이한 가문. 때문에 노예들, 아니, 이미 사면된 과거의 귀족들이 귀작의 영지로 목숨을 걸고 탈주한 것이고, 수많은 충의지사가 귀작의 가문으로 향하고 있는 것이오."

딸깍!

제논이 찻잔을 내려놓았다. 그에 드라기 백작은 일순 말문을 닫았다. 자신의 말을 교묘하게 끊어놓고 있었기 때문이었다. 그리고 제논을 바라보았다.

"나는 영웅이 아니오."

"영웅은 만들어지는 것이오."

"그런 말이 아니오."

"무슨……."

제논이 시선을 똑바로 하여 드라기 백작을 바라보았다. 그 눈빛이 너무 강렬하여 드라기 백작은 일순 눈을 제대로 뜰 수 없을 정도였다.

"과거에는 우리 가문이 필요가 없었던 것이오?"

"……?"

제논이 대체 왜 이런 질문을 던지는지 정확하게 그 의도를 파악할 수 없었던 드라기 백작은 그저 침묵할 뿐이었다.

"30년 전. 그때는 왜 가만히 있었소. 아~ 물론, 수많은 귀족과 기사가 죽임을 당한 것은 분명하오. 하나, 그 범주가 겨우 본 가문의 직계와 방계 혹은 끈끈한 관계에 한정된 것은 분명하오."

"그것은……."

일순 드라기 백작은 할 말을 잃었다. 30년 전 당시 귀족들은 몸을 사렸다. 당시의 상황에서 귀족들은 서슬 퍼런 국왕의 태도에 꿀 먹은 벙어리처럼 어떠한 말도 하지 않았다.

그저 배를 바닥에 붙이고 고개조차 들지 못하며 국왕의 처사가 옳든 옳지 않든, 혹은 국왕이 패트리아스 백작 가문을 멸문시킬 때 그 배후에서 공작을 한 가문이 어디인지 알면서도 그 누구도 국왕의 행사를 반대하지 않았다.

결국 30년 전 패트리아스 백작 가문을 비롯한 다섯 개의 가문과 그 가문에 딸린 직계 및 방계의 자손, 그리고 극렬하게 저항하는 2천여의 기사만 멸문을 당하고 죽임을 당했을 뿐이다.

그러하기에 드라기 백작은 말이 없었다. 그때 당시 드라기 백작은 열여덟. 제논의 나이와 같은 시기였다. 한마디로 혈기 왕성한 나이였음은 분명했다. 하나, 세상일이라는 것이 혈기 하나로 이루어지는 것은 아니었다.

그렇다고 드라기 백작은 그때 자신의 나이가 이제 약관에도 미치지 못했다고 변명하기는 싫었다. 그러하기에 입을 닫았다. 솔직히 할 말이 없었기 때문이었다.

"그리고 본작이 귀작을 어찌 믿고 그 일을 한단 말이오? 나는 귀작은 물론, 귀작을 따르는 귀족들도 알지 못할뿐더러 믿지 못하오. 오직 내가 경험하고 본 것을 토대로 한 귀족들만 신뢰하오. 본작과 무엇을 도모하기 위해서는 먼저 신뢰를 보여야 할 것이오."

"……"

이번에는 드라기 백작이 조금 전의 자신만만한 표정과는 달리 딱딱하게 굳은 얼굴로 침묵을 지켰다. 그의 딱딱하게 굳은 얼굴만 본다면 지금 상당히 후회하는 것 같았다. 드라기 백작은 확실히 패트리아스 백작을 너무 가볍게 보고 있었다.

'그는…… 결코 간단한 인물이 아니로구나.'

그러했다. 제논은 그렇게 간단한 인물이 아니었다. 충분히 가능하다고 생각하고 자신만만했던 드라기 백작이었다. 복수에 눈먼 과거 영광스러운 가문의 장남. 그리고 다시 복권된 가문.

그에 대한 평은 역시 비관적인 것이 대체적이라 할 수 있었다. 또한, 자신이 알아본 정보 역시 상당히 비관적인 전망과 좋지 않은 평으로 일관되어 있었다.

하나, 그 와중에도 드라기 백작은 특이한 점을 발견할 수 있었다. 아무리 와전된 소문이라 할지라도, 결코 믿지 못할 그런 소문이라 할지라도 그 소문이라는 것이 분명 사실에 기인함을 통찰하고 있었다.

특이한 점이란 여느 귀족이라면 자신에 대한 비관적인 평에 대하여 부정을 하거나 혹은 바로 잡으려 노력을 해야 하는 것이 옳았다.

허나 패트리아스 백작은 분명 그러한 평과 소문을 알고 있음에도 바로 잡으려 하지 않았다. 마치 그러한 소문과 평은 결코 자신의 일이 아니라는 듯이 말이다.

하기에 드라기 백작은 직관적으로 패트리아스 백작에게 무언가 있다는 것을 알 수 있었다. 그래서 직접 확인하고 싶었고, 결과적으로 자신의 눈으로 직접 패트리아스 백작의 본모습을 확인할 수 있었다.

그는 지극히 과소평가되어 있었고, 대부분의 평가와 정보는 형언할 수 없을 정도로 왜곡되어 있다는 것을 느꼈다.

그러하기에 드라기 백작은 지금 상당히 혼란스러운 상황이었다. 실제 그는 오랫동안 지금 이 순간을 꿈꿔오고 있었다. 큰일을 성사시키기 위해서는 반드시 큰일을 담당할 구심점이 필요하기 때문이었다.

그 큰일을 담을 수 있는 역량을 가진 그런 구심점 말이다. 그러하기에 복권된 패트리아스 백작은 자신의 계획에 가장

적합한 인물이었다. 그런데 의외의 복병을 만남으로 인해서 자신의 계획이 시작도 하기 전에 끝이 날 것 같은 상황에 직면했다.

하지만 그는 지금 실망한 것이 아니었다. 오히려 더욱더 가슴이 타오르고 있었다. 보통의 인물이라면 너무나도 현실적이고 세속의 때가 묻어나는 과거에 연연하는 제논의 말에 단박에 모든 열정이 식었을 것이다.

하나 드라기 백작은 그렇게 보지 않았다. 과거의 청산이 없는 현재는 있을 수 없다. 과거의 잘못을 묻어둔다면 언젠가는 다시 곪아터지면서 간단하게 치료할 상처가 팔다리를 잘라내야 할 정도로 커질 수 있었다.

출발하고자 한다면 과거를 속죄하며 깨끗하게 청산해야 한다. 그리고 난 후 새롭게 출발해야만 하는 것이다. 그 연유는 함께하고자 했으면 어떠한 티끌만큼의 의심도 없어야 한다는 것을 의미했다.

'그는 교활하다. 또한 지극히 사사롭다. 그리고 당연하다.'

드라기 백작은 새삼스러운 눈으로 제논을 다시 바라볼 수밖에 없었다. 과거 패트리아스 백작 가문은 공명정대하기로 유명했다. 그 가문의 역사는 코린 왕국의 개국과 같이할 정도였다.

하나, 시대가 변함에 과거 공작이었던 가문의 작위는 점차 하락해서 결국 백작의 가문에 머무르게 되었고 종내에는 멸문을 당하게 되었다. 하나 그러함에도 패트리아스 백작 가문은 여전히 코린 왕국의 검이자 방패였다.

기사를 논하며 패트리아스 백작 가문이 오르내렸고, 충(忠)과 의(義)를 논하는 것 역시 패트리아스 백작 가문이 오르내렸다. 그런데 미묘하지만 당대의 패트리아스 백작 가문의 가주는 변했다.

지극히 현실적이고 지극히 세속적인 당대의 가주가 되어 돌아왔다. 당대 가주에게 있어 국왕이란 혹은 왕국이라는 것은 그리 큰 걸림돌이 되는 것 같지는 않았다.

그 예로 자신이 이 왕국을 뒤집어엎어야 한다는 말을 했음에도 불구하고 패트리아스 백작은 무덤덤했다. 과거의 가주였다면 드라기 백작의 목은 이미 몸과 분리되어 있을 것이었다.

"본작의 불찰임을 인정하오. 한배를 타려면 신뢰가 동반되어야 한다는 점을 감안하지 못한 것 말이오."

제논은 깔끔하게 잘못을 인정하는 드라기 백작을 보며 지극히 미미한 웃음을 지었다. 그저 입꼬리가 아주 잠시 동안 꿈틀거린 것뿐이지만 그것은 분명 제논의 심경에 변화가 있다는 것을 의미했다.

자신의 잘못을 인정한다는 것은 평범한 이조차도 지극히 어려운 일이다. 하물며 계승 작위이자 대 영주의 반열에 있는 백작이 자신의 잘못을 시인함에 제논은 드라기 백작의 인간 됨을 인정하고 있는 것이었다.

'그는… 참으로 괜찮은 사람이로구나.'

제논의 눈에 드라기 백작은 그렇게 보였다. 물론, 인간적인 면에서일 뿐, 결코 그의 야망이 작다는 것은 아니었다.

'그는 무력을 가졌고, 두뇌를 가졌구나. 그가 큰 상황을 충분히 이끌어갈 수 있는 군사의 역할을 해준다면…….'

그러했다. 제논은 지금 드라기 백작을 패트리아스 백작 가문의 군사로 낙점하고 있었던 것이다.

사실 제논에게는 두 명의 군사가 있었다. 한 명은 와르셀 남작으로 그는 계약적인 관계일 뿐이었다. 그가 지금 당장은 계약과 스스로가 속한 조직의 정략적인 목적에 의해 발톱을 숨기고 있으나 언제 어느 때 그 발톱을 드러낼지 몰랐다.

뛰어나기는 하나 믿을 수는 없었다. 신뢰하기에는 그가 속한 조직과 그와 함께한 시간이 너무 부족했다. 그리고 베컴 집사장의 아들과 같이 새로이 군사로서 자리를 잡은 제이슨 마르티네즈가 있기는 했다.

하나 그 또한 부족했다. 산적 2천을 위해 전략을 짜내는 것과 백작의 영지를 위해 전략을 짜는 것은 완연하게 다르다.

산적들은 정식이기보다는 변칙적이고 소규모의 전술이 필요하겠으나 정규군이라면 다르기 때문이었다.

한마디로 아직 역량이 제대로 다듬어지지 않았다는 것을 의미한다. 물론 클라렌스도 있었다. 그러나 그녀는 행정적인 면에서는 뛰어날지 모르나 전략 전술면에서는 많이 떨어지는 편이었다.

이제는 진영을 갖추어야만 했다. 혼자서는 아무것도 할 수 없으니 더불어 가야 할 것이나 같이할 이가 드물다는 것이 제논의 걱정이었다. 그러한 와중에 드라기 백작이 찾아온 것이었다.

"하면, 그 신뢰를 어떻게 보여줄 것이오."

"……."

제논이 물었다. 그에 드라기 백작은 두 눈썹 사이로 세 줄기의 깊은 골을 만들며 생각에 잠겼다. 처음 드라기 백작이 주도하던 대화는 어느새 제논이 주도하고 있었다.

그러함에도 드라기 백작은 그것을 인지하지 못하고 있었다. 그저 지금의 이 상황이 당연하다 생각할 뿐이었다. 한참 동안 생각에 잠겨 있던 드라기 백작은 가벼운 탄성을 내질렀다.

'하아~ 내가 당한 것인가? 천 가지의 재주를 지니고 풀어낼 수 있다는 이 천하의 마리오 드라기가?'

그가 탄성을 내지른 연유는 바로 거기에 있었다. 주도권이 어느새 제논에게로 넘어가 있다는 걸 이내 깨달았기 때문이다. 자신은 그것을 당연하다는 듯이 받아들이고 그를 위해 대책을 마련하고 있었다.

"방법이 생각난 것이오?"

제논의 물음에 퍼뜩 정신을 차린 드라기 백작이었다. 그는 새삼스러운 눈으로 제논을 바라보았다. 자신의 앞에 있는 자는 교활함을 훨씬 넘어선 자였다.

생애 최초의 패배를 안고 씁쓸함 혹은 약간의 열기를 담은 목소리로 입을 여는 드라기 백작이었다.

"연판장을 만들 필요가 있다고 생각하오."

"연판장이라······."

제논은 자신의 앞에 있는 찻잔을 만지작거렸다. 그리고 이어서 드라기 백작의 목소리가 들려왔다.

"지금 당장 신뢰를 얻거나 혹은 신뢰를 보여주기는 힘들다고 보오. 신뢰란 오래 함께하는 동안 생성되는 것이기 때문이오. 그러한 신뢰가 갑자기 생겨날 수는 없는 법, 하나 그전에 신뢰를 가장할 수는 있소."

드라기 백작의 말에 제논은 즉각 답을 내어놓았다.

"바로 연판장으로 말이오?"

"그렇소."

드라기 백작의 말에 제논을 하마터면 무덤덤한 표정을 풀고 무릎을 칠 뻔했다. 그의 말대로 신뢰는 강요할 수 없다. 그리고 오랜 시간 동안 차곡차곡 쌓여서 만들어지는 것이었다.

그렇다면 제논의 물음에 답을 할 수 없는 것이 당연했다. 신뢰를 다질 수 있는 방법이 없으니 말이다. 그런데 드라기 백작은 순서를 거꾸로 돌렸다. 판을 만들고 그 위에 서는 것이 아니라 먼저 둘러서고 판 위에 모두 함께 올라서는 것이었다.

연판장이라는 것은 어쨌든 강요이다. 그것이 첫 번째 시험이고, 서로의 의지를 확인하고 다진다. 그리고 연판장을 중심으로 서로의 생각을 읽고 행동으로 옮기면서 서서히 신뢰를 쌓아 나가는 것이었다.

그 과정에서 떨어져 나갈 사람은 떨어져 나가고 같이 갈 사람은 돈독한 신뢰가 쌓이게 되는 것이었다. 결국 방법이 다를 뿐 신뢰를 쌓는 것은 분명했다.

다른 한편으로 둘은 지금 상당히 기분이 좋았다. 척하면 척이었다. 말을 하지 않아도 의미를 깨닫고 답을 준비하고 있었다. 서로 대화할 맛이 나는 것이었다.

"그다음은요?"

제논이 다시 물었다. 첫 번째를 확인했으니 다음을 확인할 차례였다.

"연판장은 강력한 구속력을 가지기는 하나 그것만으로 귀족들을 얻었다 할 수 없소. 사람을 얻는다는 것은 몸을 얻는 것이 아닌 마음을 얻어야 하기 때문이오."

"하지만 사람의 마음을 얻기란 지극히 힘들지요."

정말 대화할 맛이 나는 사람이었다. 그에 드라기 백작은 이 상황이 굉장히 기꺼웠다. 자신의 말을 받으면서도 그 방법에 대해서 묻고 있었다. 마치 당연히 자신이 그 방법에 대해서 생각하고 있을 것이라는 듯이 말이다.

"연판장을 만듦과 동시에 '영광의 길'이라는 연합체를 구성하고자 하오."

"영광의 길이라……."

기어코는 연합체라는 말이 튀어 나왔다. 짐작하지 못한 것은 아니었다. 사실 드라기 백작이 독대를 청할 때부터 그것을 염두에 두고 있었다. 물론, 연합체를 구성하리라고는 생각하지 못했다.

하지만 무언가 대단한 일을 꾸미고 있음은 분명했다. 이미 블랙 맘바의 이인자이자 이제는 자신의 계약 가신으로 군사부의 부부장으로 있는 와르셀 남작의 분석 덕택임은 말할 필요도 없었다.

"그전에 귀작에게 묻고 싶은 것이 있소."

"물으시오."

드라기 백작의 안색이 약간 굳어졌다. 이미 많은 대화를 했고 상대에게 상당한 호감을 가지고 있었다. 그렇지만 정작 그들은 서로에 대해서 확인해야 할 것을 확인하지 않고 있었다.

돌려서 듣기보다는 직접적으로 의사를 확인하는 작업 말이다.

"귀작이 진정으로 원하는 바가 무엇이오."

"……."

제논의 단도직입적인 물음에 드라기 백작은 제논을 바라보며 약간의 시간을 두었다. 그리고 침착하게 입을 열었다.

"새로운 코린 왕국이오. 지금과 같이 귀족들에게 휘둘리지 않고, 강력한 왕권 아래 과거의 영광을 되살리는 새로운 코린 왕국을 만들고자 하오. 이것이 본작이 원하는 바이오."

끄덕끄덕.

제논의 고개가 끄덕여지고 있었다. 반란이 아니었다. 아니, 어쩌면 반란일수도 있을 것이다. 현 국왕을 부정하는 말일수도 있으니 말이다. 하지만 제논은 재차 단도직입적으로 물었다.

"귀작은 왕이 되고자 하오?"

제논의 말에 드라기 백작은 피식 웃어버렸다. 그 웃음에는 약간의 쓸쓸함이 담겨져 있었다.

"야망은 있소. 하나, 본작은 그런 그릇이 되지 못함을 알고 있소."

"하면 의심이 드는구려. 강력한 왕권이라. 과연 귀족들에 의해 추대된 국왕이 강력한 왕권을 가질 수 있겠소?"

제논의 물음에 고개를 끄덕이는 드라기 백작이었다. 확실히 그러했다.

'귀족들에 의해 추대된 국왕이 과연 강력한 왕권을 가질 수 있을 것인가?'

저 질문에 답을 하라면 당연히 그렇지 못하다 할 것이다.

왕국을 위한 충심에 의해서 거병했으나 그러한 이들 역시 사람인지라 권력이라는 단맛을 보면 그 맛에 길들여지고 지금의 귀족들이 하는 행태인 '감히!'라는 입을 입에 달고 살 것이다.

'감히 누구의 힘으로 왕으로 추대되었는데……'

'아무리 국왕이라 하지만 은(恩)을 잊다니……'

'어찌… 감히 어찌……'

이런 행태를 말이다. 지금의 귀족들이 그러하지 않는가? 앞에서는 허리를 숙이나 돌아서서는 흉신악살처럼 굳어진 얼굴과 차마 입에 담을 수 없는 잔존만대함으로 가득하지 않은가 말이다.

제논이 말함은 바로 그것이었다. 절대 이루어질 수 없는 것이라는 뜻이었다. 그것은 드라기 백작도 인정하는 바였다. 하나, 드라기 백작의 입에서 나온 말은 전혀 달랐다.

"물론, 보통의 왕이라면 그럴 수 없을 것이오."

"보통의 왕이 아닌 인물이 있다는 말로 해석해도 되겠소?"

"그렇소."

Chapter 03

드라기 백작의 말에 제논은 생각에 잠겨들었다. 제논은 왕
족을 살펴보았다. 새로운 코린 왕국이라 했으니 그 정통성을
가지기 위해서는 반드시 왕족 중에 한 명을 옹립해야 한다는
것을 의미했기 때문이었다.

　현 국왕은 29남 9녀의 왕자와 공주가 있다. 공주와 왕자가
이리도 많은 연유는 지금의 국왕파를 이루는 귀족 대부분이
국왕과 혈연의 관계를 맺고 있다 해도 과언이 아니기 때문이
다.

　세력이 없는 국왕이 세력의 발판을 마련할 수 있는 유일한

방법이 바로 이 정략결혼이었던 것이다. 덕분에 왕궁에는 1왕비와 28후궁이 있었고, 그 아래 29남 9녀라는 무지막지한 왕자와 공주가 있는 것이었다.

1왕비 슬하로 2남 3녀를 두고 있었으며, 현 국왕의 적통인 1왕자의 나이는 이제 14살이었다. 하나, 왕위 계승권을 가지고 있는 왕자 중 이미 나이가 서른 살이 넘은 왕자도 있었다.

이는 현 국왕이 정략결혼을 함에 있어서 초혼이나 이러한 것을 보지 않고 그저 가문을 보고 그대로 모든 것을 적용한 탓이었다. 때문에 당장에는 세력의 발판이 되겠으나 후일 왕국이 안정되고, 후계를 정함에 있어서 상당히 골치 아픈 문제가 대두될 가능성이 높았다.

그중 가장 두각을 나타내고 있는 이는 여섯 번째 후궁 슬하에 있는 25살의 7왕자였다. 현재 국왕을 대리하여 상당한 정무 능력을 보임과 동시에 고른 신망을 얻고 있는 에너하임 팔레티 폰 코로나 왕자였다.

풀 네임에서 알 수 있듯 그는 코로나를 다스리고 있는 에버튼 클락시스 드 코로나 백작의 외손자였다. 클락시스 백작 가문이라면 남부의 변방에 위치하기는 하였으나 나름 강력한 힘을 기반을 가진 가문이라 할 수 있었다.

하지만 그뿐이었다. 그 이상도 이하도 될 수 없었다. 29남 9녀에 29명의 부인 사이에서 벌어지는 차기 왕권에 대한 각

축전은 피만 튀지 않았을 뿐 그보다 더한 피를 말리는 두뇌싸움이라 할 수 있었다.

지금 현재로는 나름 한 명의 국왕 아래 뭉쳐 있으나 만약 현 국왕이 사망했을 경우 단단하게 뭉친 바위 같던 조직력에 아주 커다란 틈이 발생하고 말 것이다.

그러한 맹점을 너무나도 잘 알고 있는 제논이었다. 7왕자가 두각을 나타내고 있다 하나 그저 찻잔 속의 태풍일 뿐이었다. 지금 드라기 백작이 말하는 그러한 강단 있는 인물은 보이지 않았다.

"본작은 도저히 드라기 백작의 심중을 이해할 수 없구려. 본작이 알기로 왕족 중 이 모든 문제를 아우를 만한 인물은 없음이니까요."

제논은 누가 들으면 역적이라 할 만큼 대담한 발언을 하고 있었다. 하나, 드라기 백작은 그러함에도 태연하게 고개를 주억거리고 있었다. 제논의 의견에 동의한다는 듯이 말이다.

"본작이 말한 이는 왕족이 아니오."

드라기 백작의 말에 지금껏 제논의 뒤에 서 있던 클라렌스의 얼굴이 살풋 찡그려졌다. 그녀는 알 것 같았다. 드라기 백작이 말한 인물이 누구인지 말이다. 불현듯 클라렌스의 시선이 제논을 향했다.

'대체 무슨 꿍꿍인가?'

자신이 인지할 정도면 제논 역시 드라기 백작이 지목하는 이가 누구인지 이미 짐작하고 있다는 말이었다. 그러한데 전혀 모르는 듯한 얼굴을 하고 있었기 때문이었다.

'왜 그럴까?'

곰곰이 생각에 잠긴 클라렌스였다. 그리고 둘의 대화를 들었다. 한데, 이상하게 처음 드라기 백작이 주도하던 대화의 주도권이 제논에게로 넘어오고 있었다. 말을 하지 않고 그저 듣고 약간의 허점을 보인 것뿐인데 드라기 백작이 허물어지고 있었다.

'훗! 그렇군. 스스로 경계를 풀게 만든 것이로군.'

그제야 클라렌스는 고개를 끄덕일 수 있었다. 스스로 허점을 보이고 경청한다. 한마디로 상대에게 자신의 모습을 조금은 어리숙하게 보인다는 것이다. 그러함으로써 상대의 경계심을 풀고, 그 속내를 드러내게 만드는 것이었다.

그것을 모를 드라기 백작도 아니건만 어느새 제논의 수에 녹아들어 스스럼없이 모든 것을 토해내고 있었던 것이었다. 그런 모습을 클라렌스는 살짝 지금의 상황이 상당히 우습다는 생각이 들었다.

지금 제논의 앞에 있는 자는 스스로 천의 두뇌를 가졌다고 자부하는 자였다. 그런데 그러한 자가 지금 제논에게 한없이 빨려들어 정신없이 모든 것을 토해내고 있으니 말이다.

"듣고 싶구려. 그가 누구인지."

"……."

제논의 물음에 입을 굳게 닫아버리는 드라기 백작이었다. 말할 의사가 없는 것이 아니라 말을 하기 전에 깊게 호흡을 하는 것이었다. 제논은 기다렸다. 그의 입이 열리기를 말이다.

"그만한 인물은 바로 내 눈앞의, 당면한 시국의 핵으로 등장한 바로 패트리아스 백작이오."

"……."

제논은 잠시 말문을 닫았다. 짐작은 하고 있었다. 하나 짐작을 하는 것과 실제 말로 듣는 것은 천양지차였다.

"본작이… 잘못들은 것이오?"

"아니오. 정확히 들은 것이오."

"우습구려."

"무엇이 우습소."

제논과 드라기 백작의 시선이 서로 뒤엉켰다. 둘 다 상대의 시선에 전혀 굴하지 않고 허리를 꼿꼿이 세우고 정면으로 대하였다. 그것은 서로의 굳은 의지를 말함이었다.

"본작은 왕 따위를 원하는 것이 아니오. 이 왕국을 무너뜨려서라도 개인의 복수를 하고자 함이오."

"그리하고 어쩌시겠소."

제논의 말에 드라기 백작이 물었다.

"무엇을 말이오."

"복수를 하고 난 후에 어쩌시겠느냐는 말이오."

"내 알 바 아니오."

"우습구려."

이번에는 드라기 백작이 제논을 향해 비웃음을 드러내었다. 상황이 역전되고 있었다. 치열한 두뇌 싸움일 것이다.

"무엇이 우습소."

"위명이 자자한 패트리아스 백작 가문 당대 가주의 비겁함이 우습다는 말이오. 또한, 그 무책임함이 우습다는 말이오."

"그것이 어찌 비겁하고 어찌 무책임하다는 말이오. 정작 필요할 때는 복지부동하여 외면하더니, 내가 외면하니 비겁하다니 말이오."

제논의 말은 통렬했다. 그 통렬함이 비수가 되어 드라기 백작의 가슴을 찔러들어 왔다. 숨을 죽이고 먼저 외면한 것은 자신들이었음은 부정하지 못할 사실이었으니 말이다.

"또한, 무책임하다니. 대체 무엇이 무책임한 것이오. 내가 그대들에게 복수를 하라 했소? 본작의 복수를 본작이 하겠다고 했소. 복수만 하면 모든 것을 잊고 세상사에 신경 쓰지 않겠다고 했소. 그것이 어찌 무책임함이오?"

이어지는 말에 드라기 백작은 숨이 턱턱 막히는 것을 깨달왔다. 모르고 있었다. 자신들은 지금 자신들만 생각하고 있었다. 패트리아스 백작에게 있어서 이 왕국 따위 혹은 귀족들 간의 권력 싸움은 아무런 의미가 없었다.

국왕이 자신을 이용하든지 아니면 귀족들이 자신을 이용해 새로운 세상을 만들든지 아무런 상관이 없었다. 그는 오로지 한 가지 목표를 향해 부단히 전진하고 있었을 뿐이다.

그런데 귀족들은 그들 나름의 욕심 때문에, 일국의 국왕은 그 자신의 욕심 때문에 그를 이용하고 있었다. 누가 있어 그를 비겁하다 하고 누가 있어 그를 무책임하다 할 것인가?

무책임을 따진다면야 스물아홉 명의 부인을 둔 현 코린 왕국의 국왕이 더하지 않는가 말이다. 비겁하기로 따진다면야 수적인 우세만을 믿고 기존에 가진 권력을 믿고 패트리아스 백작을 쥐락펴락하려 하는 귀족들이 비겁하지 않은가 말이다.

"……."

드라기 백작은 제논의 말에 침묵할 수밖에 없었다. 스스로를 천 개의 두뇌를 가진 천재라 생각하고 있었으니 지금 당장 제논의 말에 반박할 그 어떤 것도 떠오르지 않았다.

그러한 드라기 백작을 바라보며 제논은 자리에서 일어섰다. 그리고 침울한 표정을 지은 채 여전히 의자에 앉아 있는 드라기 백작을 바라보며 입을 열었다.

"본작은 사사롭소. 그것도 지극히 사사롭소. 대의(大義)니 기사도(騎士道)니, 혹은 충(忠)이니 하는 것은 별 의미 없소. 내 앞에서 죽어간 나의 부모님과 나의 형제자매, 그리고 나의 친구들, 또한 나를 배신하고 나의 모든 것을 앗아간 친구와 그것을 조장한 자만이 있을 뿐이오."

담담하게 말하고는 있으나 그 속에서 풍겨져 나오는 제논의 음색은 짙은 회한과 아픔 혹은 애잔함이 깃들어 있었다. 복수자로서 잔인한 혈색이 도는 것이 아니라 말이다.

"차라리…… 차라리 권력에 대한 욕심이라고 했으면 좋았을 것이오. 차라리 힘이 없으니 도와달라고 했으면 두말없이 도와줬을 것이오. 왜냐하면 나 또한 그대들의 힘이 필요했으니까."

그렇게 말을 하고 제논은 몸을 돌려 접대실을 벗어났다. 주인이 자리를 벗어났음에도 불구하고 드라기 백작은 그저 멍한 표정으로 제논이 나간 접대실의 문을 바라보고 있었다.

그렇게 한참의 시간이 지난 후에야 접대실의 문이 다시 열렸다. 드라기 백작도 익히 알고 있는 얼굴이었다. 바로 그를 보좌하는 두 명의 인물이었다. 한 명은 기사이고 한 명은 자신과 버금가는 두뇌의 소유자였다.

기사의 이름은 윌리엄 매덕스 남작으로 드라기 백작 가문의 기사 단장이었고, 또 다른 학자풍의 인물은 드라기 백작의 실질적인 두뇌라 할 수 있는 아드리안 곤잘레스 남작이었다.

곤잘레스 남작은 영주관의 접대실로 들어서면서 이 심각한 분위기에 잠시 침음을 삼켰다. 자신의 주군이 멍한 채로 앉아 있는 것이, 지극한 허탈감을 느끼고 있는 것 같았다.

곤잘레스 남작은 조용히 기사단장 매덕스 남작과 드라기 백작의 맞은편에 앉았다. 그리고 자신의 주군을 똑바로 바라보았다. 그러기를 한참. 초점 없이 허공을 바라보고 있던 드라기 백작의 눈동자에 드디어 초점이 잡히기 시작했다.

"크큭. 크크크큭! 크하하하핫!"

그리고 갑자기 크게 웃기 시작했다. 무엇이 그리 우스운지 평소의 침착하고 냉정한 모습은 온데간데없고, 눈가에 눈물까지 흘리면서 커다랗게 목젖이 보이도록 웃고 있었다.

"무엇이 그리 우습습니까?"

"크하하하! 크큭! 무, 무엇이 그리 우습냐고?"

"그렇습니다."

곤잘레스 남작의 물음에 한참 동안 더 웃던 드라기 백작이 점점 진정했다. 방금 전까지 통쾌하게 웃던 모습은 어디 가고 창백하리만치 냉정해 보이는 날카로운 얼굴만 자리하고 있었다.

"내 꼴이 우스워서 그러네."

"주군의 꼴이 우습다니오?"

앞뒤 자르고 한두 마디로 지금의 상황을 설명하자 전혀 감을 잡지 못한 곤잘레스 남작이 의아한 얼굴로 되물었다.

"우습지, 암! 정말 우스워."

"……"

넋두리 같은 드라기 백작의 말에 곤잘레스 남작은 입을 닫았다. 이제 드라기 백작이 슬슬 이야기보따리를 풀 생각인 것 같아서였다.

"자네가 평가하는 패트리아스 백작은 어떤 사람이라고?"

"그야… 복수를 위해 잔뜩 웅크리고 있는 그런 귀족입니다. 전형적이라 할 정도로 말입니다. 하지만 그러함에도 불구하고 무언가 석연치 않음에 절대 그에게서 눈을 뗄 수 없다고 했습니다."

"그래. 그렇지. 그는 전형적인 복수자였지. 그런데……."

드라기 백작은 말끝을 흐렸다. 뭐라고 할 수 없을 정도로 복잡한 그런 표정으로 말이다.

"그는… 나조차도 함부로 할 수 없을 정도로 거대한 그릇이었네."

"예? 그것이 무슨……."

곤잘레스 남작이 되물었다. 그의 얼굴에는 호기심과 의혹이 잔뜩 묻어나 있었다. 아마도 호기심이 맞을 것이다. 머리로 모든 것을 움직이는 이가 자신이 생각한 바가 틀려 나가자 자신이 잘못된 판단을 했다는 것보다는 지독한 호기심이 머리를 가득 채운 것 같았다.

"그는 이미 우리를 파악하고 있었네."

"우리라 하면 중도파 귀족들 말입니까?"

"그러하네."

"그야 이미 왕국 전체에 알려진 사실 아닙니까? 그저 평민들이 하는 말만 들어도 파악할 수 있는 평범한 사실일 뿐입니다."

당연했다. 드라기 백작이 중도파라는 것은 동부의 사람이라면 다 아는 사실이었다. 새삼스럽게 정보라고 할 것도 없었다. 또한, 그를 따르는 열셋의 귀족 역시 다 알려진 상태이지 않은가?

"아니, 아니. 그것이 아니라 우리의 속성을 다 알고 있다는 것이네."

"속성이라 하면······."

"힘과 권력!"

이것도 새로울 것이 없었다. 귀족이라면 당연히 추구하는 것이니까 말이다. 조금만 신경을 쓴다면 다 아는 사실. 그러나 그것은 곤잘레스 남작이 잘못 생각하는 것이었다.

누구나 알고 있다 하여 누구나 생각한다는 것은 아니다. 우리는 현자의 말에 귀를 기울인다. 하나, 그 현자들은 특별한 것이나 특별한 경험을 말하는 것이 아니었다.

특별하지 않은 경험, 일상과 같은 공간에서 경험한 것을 말할 뿐이었다. 그런데 그것이 절묘하게 우리의 뇌리와 행동에 영향을 미치는 것이고, 선험적인 경험에 의하여 말로 표현할 수 없어 그저 무의식적으로 지나가는 것을 끄집어내 우리의 무릎을 탁 치게 만든다.

인간의 본성이 권력과 힘을 가진다는 것은 다 안다. 하나, 그저 지나칠 뿐이었다. 잡아내지 못하고 말이다. 때문에 사람들은 자신을 포장하고 언제나 가면을 쓰고 대할 뿐이었다.

"아!"

탁!

드라기 백작의 말에 새삼스러울 것도 없다는 듯한 표정을 하던 곤잘레스 남작이 무릎을 탁 치면서 감탄성을 질렀다. 귀족들은 대외적으로 표방하기를 왕국을 위해서라고 하며 왕국민의 평안을 위해서라고 한다.

하나 이면에 담긴 그들의 속내는 장삿속과 권력을 유지시키기 위한 비열함과 잔혹함이 깃들어 있었다. 그것은 같은 귀족이라 할지라도 입 밖으로 내어놓지 않는다.

그러면 자신들의 존재 가치가 무너지기 때문이었다. 그러하니 그들은 언제나 가면과 위선적인 행동으로 비열함과 잔혹함을 숨긴다. 그런데 드라기 백작의 말에 의하면 패트리아스 백작은 그것을 드러내고 있었다.

"그는 미쳤거나……."

"세상을 바꿀 만한 자이지."

그랬다.

꽁꽁 숨겨 드러나지 못하게 싸매고 있던 것을 풀어내 보일 때는 작정하고 미친 것이나 그 숨겨논 것에 휘둘리지 않을 정도로 대단한 자신감과 실력을 겸비했을 때의 일이다.

드라기 백작과 곤잘레스 남작은 동시에 생각하고 있었다.

'패트리아스 백작은 후자의 인물이겠지.'

분명히 그러했다. 그들이 조사한 바에 의하면 그의 무력은 실로 대단했다. 여타 귀족은 그의 무력이 부풀려진 것이라는 둥 영지를 다스리기 위해 영주들이 사용하는 통상적인 신격화 놀음이라고들 했다.

하지만 드라기 백작과 곤잘레스 남작은 알고 있었다. 소문이 아니라 사실임을. 단지 귀족들은 믿고 싶지 않은 것이었다. 현실을 부정하고 싶은 것이었다. 그러하기에 애써 깎아내리고 있을 뿐이었다.

또한, 패트리아스 백작을 상대했던 대부분의 이는 모두 이 세상 사람이 아니었기 때문이기도 하다. 사실을 확인할 수 없었고, 병사들의 말을 믿을 수 없었기 때문이기도 하고 말이다.

하나 도처에 드러난 증언을 무시할 수는 없었다. 그러하기에 귀족들은 제논을 경계했다. 경계할 수밖에 없었다. 아니 땐 굴뚝에 연기 나는 법은 없다.

소문이 부풀려지든 아니면 신격화를 위한 초석이든 간에 최소한 평민들에게는 그렇게 보였다는 것이니까 말이다. 그래서 탈주한 노예를 빌미로 패트리아스 백작의 영지로 쳐들어 온 것이었다.

그런데 확인할 수 있는 것은 아무것도 없었다. 아니, 오히려 귀족파의 귀족들은 자신들만 알고 있는 사실을 패트리아스 백작이 알고 있다는 것에 대해 당황해 제대로 말도 못하고 물러나고 말았다.

드라기 백작은 노예를 빌미로 패트리아스 백작의 인물됨을 평가하기 위해 이곳에 왔다. 자신의 원대한 꿈을 위해서 말이다. 한데, 단칼에 거절당하고 말았다.

드라기 백작과 곤잘레스 남작이 일어날 수 있는 모든 경우의 수를 감안하고 예상했던 것 중에 하나도 맞아 들어가지 않고 있었다. 그래서 종잡을 수 없었고, 어쩌면 허망할 뿐이었다.

자신들의 예측을 벗어나는 인물이 있다는 것에 대해서 말이다. 드라기 백작의 말을 곤잘레스 남작은 쉽게 믿을 수 없었다. 그런 곤잘레스 남작의 표정을 읽은 드라기 백작이 입을 열었다.

"본작은 그에게 왕위를 권했네. 자네는 그가 어떻게 반응할 것이라 했지?"

"예의상 한두 번 사양할 것이라 했습니다."

곤잘레스 남작의 답에 드라기 백작은 싱그럽게 웃었다. 마치 무언가 무척이나 재미있는 상황이라는 듯이 말이다.

"그렇게 들었지."

"……아닙니까?"

드라기 백작의 미지근한 반응에 곤잘레스 남작은 얼굴을 잠시 굳히고 되물었다. 그의 얼굴은 상당히 자존심이 상한 그런 얼굴이었다. 자신이 분석했음에도 불구하고 다른 반응을 보였다는 것이 마음에 들지 않는다는 듯이 말이다.

"훗! 국왕 따위라고 하더군."

"……."

할 말이 없었다. 모두가 원하는 권력의 정점이었다. 그것을 그렇게 간단하고 매몰차게 거절할 수 있는 사람이 있으리라고는 생각해 보지 못한 곤잘레스 남작이었다.

일순 곤잘레스 남작은 멍한 기분이 되었다.

'어떻게 그럴 수가 있지? 대체 뭐지? 뭐가 잘못된 거지?'

도무지 알 수 없었다. 그러한 곤잘레스 남작의 표정을 곤혹스러운 듯이, 아주 재미난 듯이 바라보는 드라기 백작이었다.

자신도 패트리아스 백작의 반응을 대하고 공허해지는 느낌을
받았다.

그런데 자신보다 더 두뇌에 의지하는 곤잘레스 남작은 어
떠할까 생각해 보니 자신보다 적어도 서너 배는 더 정신적인
충격을 받을 만했다. 그래서 곤혹스럽고 재미있었다.

자신의 평생에 그가 당황해하는 표정을 본다는 것 자체가
재미였고, 지금의 정신적인 충격에서 쉽게 벗어나지 못할 것
이라는 생각에 곤혹스러워진 것이었다.

"자네가 잘못한 것은 없네."

"······?"

곤잘레스 남작은 드라기 백작의 말에 의문의 빛을 띠었다.

"세상은 그를 그렇게 알고 있네. 보통의 귀족으로 말이야.
정보 또한 그리 알려져 있고 말이지. 그는··· 직접 만나보지
못하면 절대 판단할 수 없는 그런 인물이야."

그러했다. 곤잘레스 남작의 탓이 아니었다. 세상에 알려진
그의 신면목이 너무나 없었던 탓이었다. 그러하기에 잘못 판
단할 수밖에 없었음이었다.

"그리고 그가 이곳을 나가면서 나에게 무슨 말을 했는지
아나?"

"······?"

당연히 모른다. 밖에 들릴 리가 만무하지 않은가? 궁금해

하는 그의 눈동자를 보자 드라기 백작은 또다시 흥이 돋아났다. 세상의 모든 것을 다 알고 있을 것 같은 곤잘레스 남작이 연속으로 의문이 가득 찬 자신을 바로 보고 있었기 때문이었다.

원래대로라면 자신이 말을 하지 않아도 유추하여 상황을 상상하고 그 상황에 맞는 말을 꺼내놓을 곤잘레스 남작이었지만 이제는 그런 예상을 하기를 포기한 듯 보였기 때문이었다.

"솔직해지라 하더군. 대의니 뭐니 하는 말을 빼고 솔직히 왕위가 탐이 난다고 하라 하더군. 그래서 힘이 모자라니 조금 도와달라고 하더군. 그러면 오히려 지금과 같이 실망하지 않았을 것이라고 하더군."

"……."

그 말을 끝으로 드라기 백작은 입을 닫았고, 곤잘레스 남작도 입을 열지 않았다. 그의 곁을 그저 묵묵히 지키고 있던 기사 단장 매덕스 남작 역시 미미한 표정 변화를 보일 뿐 별다른 말은 없었다.

'거참! 시원한 양반이군.'

이것이 바로 지금껏 한마디도 하지 않는 매덕스 남작의 패트리아스 백작에 대한 평가였다. 그런데 그 시원함 속에서 묘한 쾌감을 가져다주고 있었다. 그런 생각을 해서는 안 된다는 것은 알지만 그렇다 해도 미묘하게 시원한 느낌을 주고 있었다.

"그래서 본작은 조금 더 생각해 보기로 했네. 본작이 나설 것인지 아니면 그를 섬길 것인지 말이네."

그 말을 하고 난 후 세 명은 침묵에 젖어들고 있었다.

기사 단장인 매덕스 남작만을 제외하고 둘은 상당히 깊은 생각을 하는 것처럼 보였다.

매덕스 남작의 시선은 그저 화창에 푸른 날을 자랑하는 창밖을 향하고 있었다.

세 명의 생각은 오랫동안 지속되었다. 이곳이 과연 패트리아스 백작 가문의 영접관인지 아니면 그들의 집무실인지 모를 정도로 말이다.

그들이 그렇게 깊은 생각에 잠겨 있는 동안 제논은 또 다른 이들을 만나고 있었다. 귀족들을 접대한 곳과는 조금은 다른 그런 공간이었으나 여전히 밝고 푸르른 하늘이 보이는 그러한 곳이었다.

제논의 앞에 있는 사람들은 옷차림이 상당히 남루했다. 그리고 다양한 연령층이었다.

"나를 만나고자 한 연유가 무엇인가?"

귀족들과 달리 제논은 하대를 했다. 다양한 연령층이기는 하나 자신의 앞에 있는 이들은 결코 귀족이 아닌 탓이었다.

그들은 바로 제논의 영지로 탈주한 노예의 대표되는 이들 혹은 과거 패트리아스 백작 가문의 명성을 듣고 그를 찾아온 기사나 몰락한 가문의 인물이었다.

지금 제논과 자리를 함께한 이는 총 다섯 명.

좌측으로부터 차분한 인상과 후덕한 모습을 보이고 있는 자는 상인의 대표인 론 하워드 전 골드러쉬 상단의 상단주. 그 옆에 약간은 초췌한 표정으로 창백한 안색을 하고 있는 호리호리한 자는 패트리아스 백작 가문으로 스며든 몰락한 귀족들의 대표인 전 라이언 스톤.

그 옆으로 깔끔한 민머리에 부리부리한 호목(虎目)이 인상적인, 기사 대표인 마빈 헤글러. 그리고 동부 및 서부 탈주자의 대표인 맷 코왈스키와 남부 탈주자의 대표인 미하일 칼라시니코프 전 후작 가문의 유일한 생존자가 자리하고 있었다.

"우리를 받아주실 수 없는지요."

가장 먼저 입을 연 자는 역시 몰락한 귀족가문의 대표라 할 수 있는 라이언 스톤이었다.

"받아들인다는 말의 의미가 어떠한 것인지에 따라 달라질 수 있소."

"……."

그에 잠시 멈칫하는 라이언 스톤이었다. 자신이 이끌고 오거나 혹은 혹시나 해서 패트리아스 백작의 영지로 들어온 귀족의 수는 대략 27명. 그중 자신은 아직 남작이지만 작위를 유지하고 있기에 귀족의 대표가 될 수 있었다.

몰락했다 하여 모두 평민이라는 소리도 아니고 모두 귀족이라는 소리도 아니었다.

몰락. 말 그대로 과거의 성세는 사라지고 현재는 오늘 내일하는 영지의 귀족도 있었고, 영지 없이 그저 작위만 가지고 있는 귀족도 있었다.

그러한 귀족들을 몰락 귀족이라고 한다. 그중 그나마 자신의 사정이 나아 몰락 귀족의 대표가 된 것뿐이었다. 일말의 희망을 가지고 패트리아스 백작을 찾아왔지만 패트리아스 백작은 일절의 조건도 불허하고 있었다.

지금 그가 말한 것은 사정에 따라서는 받아주지 않을 수도 있음을 시사하는 것이니까. 기실 여기 온 몰락 귀족들은 아직은 조금 자존심이 남아 있다고 해도 과언이 아니었다.

'내가 귀족인데 말이야……'

'귀족으로서 오롯한 자존심은 분명히……'

이런 유의 귀족이 다수라 할 것이었다.

실제 스톤 남작이 이곳에 오면서 귀족들의 의견을 수렴하기는 했으나 그들은 대우받기를 원했다.

영지를 다스림에 있어 백작 영지의 가신으로 몸을 담는다면 평민으로 떨어지지 않아도 되니까.

그리고 귀족으로서의 삶을 영위할 수도 있으니까. 또한 그들은 자신만의 귀족으로서의 권리를 결코 놓으려 하지 않았다. 모든 것을 버릴 준비가 되지 않았음이었다.

하기에 제논의 말에 어떠한 대답도 할 수 없어 그저 말문을 닫을 뿐이었다. 그때 스톤 남작의 귀에 흘러나오는 탁한 목소리가 들려왔다.

슬쩍 보니 얼굴에 자잘한 칼자국이 빼곡하고 거친 손마디와 날카로운 눈매를 가진 이의 목소리였다.

스톤 남작은 살풋 눈살을 찌푸렸다.

'이… 미천한……'

그렇게밖에 보이지 않았다. 또한 그는 단박에 그자의 위치를 알아볼 수 있었다. 바로 탈주한 노예들이었다. 지금 그는 상당히 심기가 불편했다. 패트리아스 백작의 태도도 그러하지만 이런 미천한 자들과 자리를 함께하게 한 그 의도 때문이었다.

"복수. 복수만 할 수 있다면 평생 발을 핥으라 한다 하여도 핥겠습니다."

전혀 고저가 없는, 귀에 거슬리는 탁한 목소리였다. 하지만 그 목소리에는 무언가 강렬한 염원이 담겨져 있었다. 그에 제논의 시선이 그 탁한 목소리의 주인공을 향했다.

"후안 칼라시니코프 전 후작의 장자인 미하일 칼라시니코프로군."

제논의 말에 씁쓸하거나 혹은 공허하게 웃는 미하일 칼라시니코프였다.

"과거는 과거일 뿐 현재를 대신할 수는 없습니다. 지금 여기 있는 자는 남부의 귀족가문의 노예였던 탈주한 자일 뿐입니다."

탁하고 무덤덤한 미하일 칼라시니코프의 음성이었다. 다른 이들은 새삼스럽다는 눈으로 그 미하일의 얼굴을 바라보았다.

과거 30년 전 왕국의 검이자 방패인 패트리아스 백작 가문이 몰락하자 그 뒤를 이어 왕국의 검이자 방패가 되었던 칼라시니코프 후작 가문.

하나, 그러한 칼라시니코프 후작 가문 역시 15년 전 왕국의 기밀을 나파즈 왕국에 팔아넘겼다는 죄목에 의해 멸문당하고 그 직계 및 방계의 인물은 모두 귀족가의 노예로 전락했던 그런 가문이었다.

"복수는 본작의 목적이오. 그리고 그 복수를 위해 15년이라는 기나긴 시간을 참아온 그대는 충분히 대접받을 만한 인물이오. 그대의 모든 것을 바라지는 않소. 그리고 그대와 그대를 따르는 모든 이들을 받아들일 것이오."

"······감··· 사합니다."

고개를 살짝 숙이며 감사하다는 말을 하는 칼라시니코프의 인사였다. 그 외에는 어떠한 말도 없었다. 그저 그것으로 되었다는 듯이 감사의 말을 끝낸 칼라시니코프는 팔짱을 끼고 눈을 감을 뿐이었다.

"각하께서는 오직 복수뿐인 것입니까?"

그때 또 다른 음성이 들려왔다. 민머리에 호목인 마빈 헤글러였다. 그와 함께 오거나 혹은 그를 대표로 세운 기사의 수는 자유 기사와 용병으로 활약하고 있던 이들까지 모두 304명이었다.

"무엇이 더 필요하다고 생각하는가?"

"그 이후. 그 이후에는 어떻게 하실 생각입니까?"

"그 이후라······."

마빈의 물음에 조용히 탁자를 두드리는 제논이었다. 그러다 입을 열었다.

"왜 그 이후가 필요한가?"

"예?"

"경은 이번 전쟁에서 살아남을 자신이 있나? 아니, 우리가 반드시 이긴다는 보장이 있나?"

"그것은······."

할 말이 없었다. 헤밀턴 공작 가문. 그 자체로도 가슴 한쪽이 묵직해지는 그런 가문이었다.

그 묵직함이란 바로 대단함과 잔인함에 있었다. 잔인함에서 발로하여 귀족들과 기사들의 심장을 짓누르는 공포감은 실로 대단한 것이라 할 것이다.

"우리는 그들보다 앞선 것이 아무것도 없다. 국왕 전하의 전폭적인 지지? 훗. 과연 국왕 전하께서 아무런 조건 없이 본 작을 전폭적으로 지지할 것이라 생각하는가? 진정 그렇게 생각하나?"

"……"

마빈은 할 말이 없었다. 이미 알고 있는 자들은 모두 안다.

국왕은 패트리아스 백작을 그저 사냥개로 만족하고 있음을 말이다.

그것은 패트리아스 백작이 영지의 모습을 제대로 갖추기도 전에 일어났던 반란을 완벽하게 제압했음에도 불구하고 어떠한 행동을 취하지 않은 국왕의 모습으로 단박에 유추할 수 있었다.

아니, 오히려 정통한 소식통에 의하면 오히려 당대의 코린 왕국의 국왕은 매우 불쾌하게 생각하고 있었다고 한다. '역시 패트리아스 백작 가문'이라는 소리를 듣기 싫어서 말이다.

마빈이 산골짜기에서 살았다고는 하지만 세상의 일에 귀를 닫고 산 것은 아니었다. 아니, 오히려 정보 길드를 통하여 세상의 일에 대하여 더욱더 촉각을 세운 것이 사실이었다.

"국왕 전하께서는 3년의 유예 기간을 두었지. 하나, 그 기간이 정말 긴 시간일까? 3년 후 과연 본작의 영지는 살아남을 수 있을 것이라 생각하는가?"

'아마도……'

여기 모인 대부분의 이는 '아마도……' 의 말 뒤에 '불가능할 것이다.' 라는 말을 하고 싶을 것이다. 실제 그 말을 떠올리고 있었고 말이다. 단 한 명만 제외하고는 말이다.

미하일은 여전히 미동조차 없었다. 지금의 오고가는 대화는 이미 자신이 참여할 수 있는 범주를 벗어나고 있으며, 아무런 관심도 없다는 듯이 말이다. 그는 이미 결정을 굳게 하고 있었던 것이다.

'죽든 살아나든 상관이 없다. 오로지 복수만이 있을 뿐. 이것이 나의 마지막 기회일지니.'

그는 지금 자신의 모든 것을 걸었다. 탈주를 하면서 죽어간 동료들과 사적으로는 형님, 동생이었던 모든 이의 죽음을 짊어지고 이곳으로 온 순간 오직 한 가지만 생각할 뿐이었다.

그에게 있어 지금의 갑론을박은 그저 형식에 지나지 않을 뿐이었다. 복수를 함에 있어 무엇이 중요하다는 말인가? 모든 것을 할 준비가 다 되었으면 행동하면 그뿐이다.

행동하지 않고 장래를 걱정할 필요는 없다. 장래는 모든 것을 끝내고 살아남았을 때 생각하는 것이니 말이다.

그렇게 생각하는 그의 귓가에 제논의 무심한 목소리가 들려왔다.

"본작의 그늘에 쉬기 위해서는 오직 하나만 생각하기 바라네. 바로 살아남는 것. 죽은 영광은 영광이 아니지. 오직 살아 있는 영광만이 영광이지."

"기사로서 명예는……."

"명예라고 했는가?"

"그. 그렇습니다."

"본작이 알기로는 명예란 세상에서 훌륭하다고 인정되는 이름이나 그런 존엄이나 품위를 말함이라고 알고 있는데 틀린 것이 있나?"

"맞습니다."

명예란 그런 것이었다. 세상에서 알아주어야 한다. 세상에서 알아주어야 한다는 것은 대체 무엇을 의미할까? 바로 귀족이든 평민이든 노예든 상관없이 그들이 주저 없이 인정해야만 한다는 것이었다.

"명예의 기본적인 발로가 무엇이라고 생각하는가?"

"그야……."

할 말이 없었다. 생각해 본 적이 없었으니 말이다. 기본적인 발로? 대체 그것이 무엇이란 말인가?

"인간이 발전하는 기본적인 발로는 바로 욕망이다. 그 욕망에서 모든 것은 출발한다. 명예 역시 그러하다. 헤밀턴 공작도 그러하고 코린 왕국의 절대 지존이라는 국왕 전하도 그러하다."

"궤, 궤변입니다."

스톤 남작이 나직하게 말을 더듬으며 제논의 말을 반박했다. 그에 제논의 시선이 스톤 남작에게로 향했다.

"무엇이 궤변이라는 말인가?"

"어찌 고귀한 명예를 그런 하찮것없는 인간의 본능으로 표현할 수 있다는 말입니까?"

"인간의 욕망이 어찌 저급하고 하찮것없다 말하는가? 그대가 여기 있는 것 역시 욕망 때문이 아닌가? 귀족으로서의 의무라고 포장하지 마라. 결국 그대의 권력에 대한 욕망 때문에 이 자리에 있는 것이다."

"끄으음."

"……."

실내가 조용해졌다. 누구 하나 입을 여는 이가 없었다. 맞는 말이었다. 분명 심장 깊숙하게 숨겨져 있던 그 무엇을 끄집어내는 통렬한 말이 맞았다. 그런데 이 부자연스럽고 껄끄러운 느낌은 대체 무엇이란 말인가?

"가면을 벗지 않으면 본작과 함께할 수 없을 것이다. 또한 자신의 욕망에 충실해야 할 것이다. 본작은 자신의 감정조차 제대로 헤아리지 못하는 자들과 함께할 생각이 없음이다."

그 말을 마지막으로 제논은 일어나 밖으로 나가 버렸다. 제논은 드라기 백작에게 했던 것처럼 이들에게도 기회를 주고 있었다. 생각할 수 있는 기회와 그 생각을 바탕으로 후회하지 않을 선택을 할 수 있는 기회를 말이다.

후회를 하더라도 그 후회라는 것이 오롯하게 자신만의 것이라는 것 역시 알려주고 있었다.

대부분의 사람은 자신이 생각하고 선택했음에도 불구하고 타인을 탓한다.

너 때문이다. 혹은 네가 그때 그러지 않았더라면. 이렇게 말이다. 하나, 궁극적으로 스스로가 삶을 살아가고 선택한 것은 자신의 탓이다. 자신이 생각하고 판단하고 선택한 것이다.

그 모든 책임을 자신이 지고 가야만 한다.

아무리 왈가왈부하며 남을 탓한다 하더라도 한 번 흘러간 시간은 돌아오지 않으며, 스스로의 정신을 황폐하게 만들 뿐이었다.

그리고 스스로에게 자신이 행한 모든 선택과 행동을 책임질 의향이 있고, 다짐한 사람은 행동 하나하나와 생각 하나하나에 무게를 가질 수밖에 없으며, 결코 후회를 남기지 않기 위해 부단히 노력한다.

비록 그 끝이 죽음이라는 실패라는 벽에 부딪힐지라도 스스로 책임지고 다시 일어서려 노력하려 한다. 그러한 면에서 미하일 칼라시니코프는 제논과 함께 갈 수 있는 모든 여건을 가진 이였다.

생각을 마친 미하일 칼라시니코프는 눈을 뜨고 팔짱을 풀고 일어섰다.

"가시렵니까?"

그때 누군가의 목소리가 들렸다. 미하일의 눈이 돌려졌다. 마빈이었다.

"그렇소."

"칼라시니코프 님께서는 진정 아무것도 바라는 것이 없습니까?"

"있소."

"무엇입니까?"

"복수요."

"그……."

그것은 아까 제논에게 했던 말 그대로였다.

"그 외에 대체 무엇이 필요하오? 명예? 권력? 금력? 그것이 왜 필요하오? 그대들은 알아야 할 것이오. 그대들이 왜 이곳에 오게 되었는지 말이오."

"복수. 복수가 끝난 후에는 생각하지 않는 것입니까?"

"그것을 왜 생각해야 하오?"

"그게 무슨……."

"그대는 이 지옥 같은 전장에서 살아남을 자신이 있소?"

"……."

침묵할 수밖에 없었다.

역시 제논과 같은 말의 반복이지 않은가? 대체 이 사람들은 뭐란 말인가?

서로 먼저 만나 입을 맞추기라도 했단 말인가? 어찌 이렇게 똑같은 말이 반복된다는 말인가?

"그대, 혹은 그대들은 내가 살아온 15년을 상상해 본 적 있소?"

"……."

상상? 물론 할 수 있다. 하나 그것은 그저 상상일 뿐. 미하일이 말하는 상상이란 그러한 종류의 것이 아님을 알고 있었다.

"하루에 한 번씩 불려가 얼굴에 칼자국을 냈소. 하루에 한 번씩 불려가 개처럼 짖었소. 내 아버지와 내 어머니와 내 동생들은 모두 뿔뿔이 흩어져 살았는지 죽었는지 모르오."

미하일의 눈이 회색으로 물들어갔다.

"한 동료는 매일 귀족에게 불려가 엉덩이를 까야 했고, 한 동료는 매일 귀족가의 부인이나 영애에게 불려가 육체의 늪에서 허우적거려야 했소. 한 동료는 아무런 잘못이 없음에도 불구하고 귀족가문 기사들의 대련 상대가 되어야 했소. 살이 한 점 한 점 저며지며 말이오."

무척이나 담담해 전혀 현실감 없게 들려왔다. 그러함에도 불구하고도 마치 자신의 눈앞에서 벌어지는 것처럼 찔끔찔끔 놀라는 그들이었다.

"이곳으로 탈주할 때 어떠했을 것이라 생각하오? 지금 우리를 돌려달라 하는 귀족들은 우리를 상대로 인간 사냥을 했소. 거리를 두고 쫓으며 개를 풀고 화살로 도망가는 우리의 척추를 꿰뚫으며 낄낄거리고 웃었소."

"끄으응."

기어코는 앓는 소리가 흘러나왔다. 노예라 하나 과거 대영주인 후작 가문의 장자. 결코 일반 노예가 아님은 분명했다.

"나와 함께 탈주한 200여 명에 이른 노예 중 이곳에 도착한

이는 겨우 넷이오. 그중에 과거 귀족이었던 자도 있으나, 귀족들의 횡포에 의해 노예가 된 평민들이 있었소. 그런데……."

잠시 말을 흐리는 미하일이었다. 그리고는 크게 한숨을 들이쉬고 허공을 바라보더니 다시 입을 열었다.

"그중 평민으로 귀족들의 폭정에 의해 세금을 내지 못해 노예가 된 이가 한 명 있었다. 그는 오랜 시간 동안 나와 함께 있으며 몇 년 전부터 호형호제하던 그런 노예였소."

귀족들은 갑자기 왜 그런 이야기를 꺼내는지 몰라 의문이 가득한 눈으로 미하일을 바라보았다.

마음 같아서는 같잖은 소리 그만하라며 외치고 싶었으나 미하일의 진지한 얼굴에 차마 입 밖으로 소리를 내지 못했다.

"그는 나를 대신해 검을 맞아 죽어 가면서도 나를 원망하지 않더이다. 부디… 살아서 하고자 하는 바를 이루라 하더이다. 아무도 해주지 않던 말을 그 일자무식인 노예가 해주더이다. 그래서 나는 동료를 미끼로 던지면서 여기까지 살아왔소. 내가… 무엇을 해야 하오."

여전한 정적이 질식할 것같이 실내를 장악하고 있었다.

말을 마친 그는 잠시 그들을 훑어보더니 무거운 걸음을 옮겼다. 너무나 적막해서 아무런 소리도 나지 않을 것 같던 실내에는 그의 걸음마다 소리가 커다랗게 공명하고 있었다.

 그가 사라지고도 한참 동안이나 그 적막은 계속되었다. 그러다 문득 마빈이 자리를 박차고 일어났다. 마빈의 얼굴에는 무언가 굳은 결심이 서려 있었다.

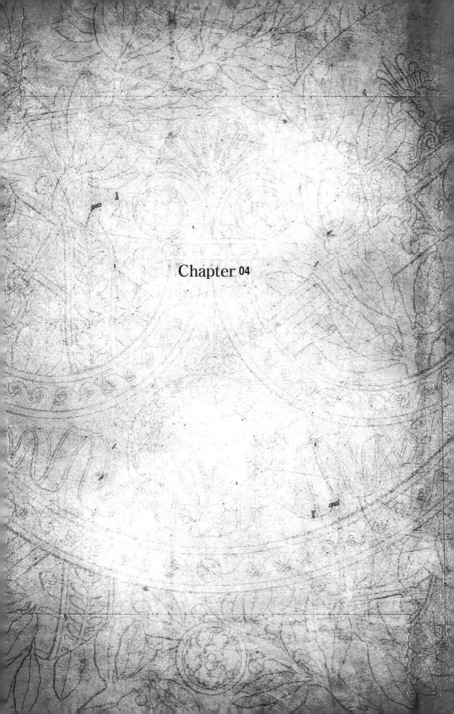

Chapter 04

그때 누군가의 목소리가 들려왔다. 그에 마빈은 나가려던 몸을 멈춰 그 목소리의 주인공을 바라보았다. 몰락 귀족의 대표인 스톤 남작이었다.

"가시려오?"

"그렇소."

"결정은 하셨소?"

"훗. 나는 속물이었던 모양이오. 그래서 인정하기 싫었던 모양이오. 그리고 보면 나도 이름 좀 날리고 싶었는데 애써 현실을 부정했던 모양이오. 그런데 현실을 인정하니 참 편해

집디다."

동부와 서부 탈주자의 대표인 맷 코왈스키가 마빈을 빤히
쳐다보았다. 그래서 결론이 뭐냐는 듯이 말이다. 하지만 맷
코왈스키는 어느 정도 짐작할 수 있었다. 때로는 백 마디의
말보다도 그저 느껴지는 것 자체가 답이 될 수도 있음이니 말
이다.

"명예도 좋고 돈도 좋다지만 일단 살아야 하지 않겠소? 다
만, 어떻게 사느냐가 중요하지 않겠소? 나는 잘살 것이오. 그
러다 보면 명예가 오지 않겠소? 뭐, 아니면 말고 말이오."

그렇게 말한 후 가볍게 걸음을 옮기는 그였다. 그의 걸음은
무척이나 가벼웠다. 그러한 모습을 보던 맷 코왈스키 역시 피
식 피식 웃더니 이내 자리에서 일어났다.

"그대 역시……."

"어떻게 사느냐가 중요하다 하지 않소? 패트리아스 백작이
아니, 이제는 나의 주군이니 주군이라 불러야겠군. 주군께서
는 지극히 사사로우나 그 사사로움이 가장 큰 명분이라고 할
수 있소. 나 또한 개인적인 복수와 가문의 복권이라는 지극히
개인적은 목적이니 나의 주군의 사사로움과 맞지 않겠소?"

그렇게 그가 자리를 일어섰다. 남은 자는 상인들의 대표인
론 하워드와 몰락 귀족의 대표인 라이언 스톤 남작이었다.

"끄응. 아이고… 궁뎅이야. 저도 이만 일어나야 하겠습

니다."

"정한 것이오?"

"그렇습니다."

"그가 옳다고 보오?"

"옳고 그름이 어디 있겠습니까? 다만, 적어도 패트리아스 백작 각하께서는 상인들을 비하하지 않을 것 같고 이용하고서 끝내 버릴 것 같지는 않을 것 같습니다. 지극히 사사로워 돈을 좋아할 것 같아서 말입니다. 허허허."

결국 스톤 남작만 남았다. 그는 아직도 결정을 하지 못하고 갈피를 잡지 못한 채 회의실을 벗어났다.

*　　　*　　　*

코린 왕국의 23대 국왕인 세바스티앙 팔레티 국왕의 15년의 치세에 이르러 코린 왕국은 격동하고 있었다. 아니, 겉으로는 그저 조용하고 평안해 보였다.

하나, 그 실상을 들여다보면 귀족들 간 혹은 귀족과 국왕 간에는 치열한 정쟁과 권력 싸움이 진행되고 있었다. 그동안 쉬쉬하며 평화로워 보이던 그 간극에 파장을 일으켜 점점 그들의 정쟁과 권력 싸움이 수면 위로 드러나게 한 사건은 바로 패트리아스 백작 가문의 복권이었다.

기실 이미 멸문당한 백작 가문이 복권된다 해서 정국에 크게 영향을 끼치기에는 상당히 어렵다. 하나, 패트리아스 백작 가문은 달랐다. 단순히 그 가문 하나만 복권된 것이 아닌 어떤 상징성을 가지는 가문이었다.

그러하기에 전대와 당대의 2대에 걸쳐 일어난 국왕의 실정에서 드러난 파국에 대한 책임론이 제기됨과 함께 국왕은 국왕대로, 귀족들은 귀족들대로 자신이 살아남을 수 있는 방법을 생각하고 있었다.

그 방법이라는 것이 결국 편 가르기임은 누구나 다 아는 바일 것이다. 같은 코린 왕국의 귀족과 왕권이 아닌 같은 왕국이나 다른 방향의 귀족과 왕권이라는 말이었다.

귀족과 국왕. 그리고 당대에 이르러 복권된 패트리아스 백작 가문의 등장은, 서서히 제3의 세력으로 당당히 코린 왕국 권력의 한 축을 담당하게 되자 소리 없는 전쟁이 치열하게 일어나기 시작했다.

지금 코린 왕국을 지탱하는 세 권력 중 가장 약한 패트리아스 백작 가문이 국왕과 귀족들의 각축장이 된 것이었다. 귀족은 끈질기게 물고 늘어지고 국왕은 그저 방관함으로써 말이다.

그러한 와중에도 당대의 패트리아스 백작은 차곡차곡 자신의 세력을 불려가고 내실을 다지고 있었다. 물론 그 길이 결코 쉽지 않음은 분명했지만 말이다.

"주변의 압박이 점점 심해지고 있습니다."

"압박이라……."

패트리아스 백작 가문의 영주성 내에 있는 대 회의실. 그곳에는 서른 명 남짓의 기사와 귀족이 모여 있었다. 그중에는 드라기 백작도 보였고 곤잘레스 남작도 보였으며, 베컴 남작과 클라렌스, 스웬슨, 젠슨, 마빈 헤글러 남작, 미하일 칼라시니코프 남작, 론 하워드, 자이브 클레인 남작 등 수많은 인물이 자리하고 있었다.

이 면면에서 보듯이 제논을 찾았던 이들은 결국 제논의 곁에 남았다. 군사장이 되었고, 기사 혹은 작위를 받았다. 그러한 그들이 모여 지금의 대 회의실을 채우고 있는 것이다.

그리고 지금 입을 열어 제논에게 총괄적으로 보고하고 있는 이는 프리타운의 드라기 백작이었다. 그는 2년 전 자신을 따르는 13인의 중도파 귀족과 함께 제논을 자신들의 주군으로 선택했다.

"그대를, 아니 제논 패트리아스 백작을 이 마리오 드라기 백작의 주군으로 섬길까 하오."

제논과 논쟁을 벌인 후 정확히 일주일 만에 드라기 백작이 스스로 제논을 찾아와 한 말이었다.

"솔직히 말하겠소. 귀작께서 본작의 주군이 되고 왕위에 관심이 없다면 본작이 왕 위에 오르고 싶소. 만약 귀작이 왕위에 관심 있다면 본작은 서슴없이 물러날 것이오."

드라기 백작은 솔직하게 자신의 심정을 토해냈다. 왕권에 도전하고 싶다. 그래서 이 코린 왕국을 과거의 강대했던 영광스러웠던 그런 왕국으로 다시 만들고 싶다던 원대한 꿈을 입에 담았다.

그리고 제논의 결심을 물었다.

"본작은 여전히 왕위에 관심이 없소. 본작의 사사로운 복수가 완료된다면 본작은 모든 것을 버리고 사라질 것이오."

"그 말 믿어도 되겠소?"

"어떻게 하면 본작의 말을 믿겠소."

기실 믿지 않을 도리도 없었다. 그가 스스로 그리 말했으니 말이다.

"본작을 포함한 13인에게 지금의 말을 증명할 수 있는 증거를 원하오."

"서류를 원하는 것이오? 그리하리다. 아니면 모든 영지민에게 공표하기를 원하오? 원한다면 그리하리다."

제논의 말에 고개를 절레절레 저어버린 드라기 백작이었다. 제논의 음성에서는 단 하나의 가식조차 찾아볼 수 없었고, 단 한순간의 망설임조차 보이지 않았다.

결국 드라기 백작과 그를 따르는 13인의 귀족은 제논의 말을 문서화한 증명서를 한 부씩 가지게 되었다. 그와 함께 마법사인 클라렌스를 불러 그 모든 것을 증명함과 동시에 인증마법으로 각인시켰다.

그로써 제논은 14인의 귀족을 수하로 얻었고, 기사 2천 명과 2만이 병력을 흡수할 수 있었다. 가장 약세였던 제3의 세력이 기존의 두 세력과 비등한 무력을 갖추게 된 것이었다.

이로써 동북부의 실제적인 절대자가 된 제논이었다. 그 연유는 바로 아이작스 백작과 잘만 자작이 있었다. 이미 오래전부터 두 귀족과는 혈맹 이상의 관계를 맺은 상태.

거기에 중도파로 알려진 14명의 귀족이 합류하자 동북부 대부분의 귀족들과 영지가 제논의 휘하로 들어온 꼴이 되었다. 그에 제논이 가장 먼저 취한 행동은 바로 그 16개 영지 모두에 대규모 포탈을 설치하는 것이었다.

"가능할까?"

"가능해요."

제논과 클라렌스.

둘은 서로를 마주보며 차를 마시며 대화를 나누고 있었다.

"다만 시간이 필요해요."

"빠를수록 좋겠지만 될 수 있으면 3년 내로 했으면 좋겠군."

제논의 말에 차를 마시던 찻잔에서 살짝 입을 뗀 클라렌스가 살풋 미소를 떠올리며 제논을 바라보았다. 제논을 바라보는 그녀의 시선에는 어떤 애틋함이 담겨져 있었다.

하나, 정작 당사자인 제논은 그 모습을 보지 못하고 있었다. 무엇을 생각하는지 그의 시선은 찻잔에 머물고 있었기 때문이었다. 그에 약간은 아쉬운 표정이 드러나는 클라렌스였다.

하지만 그것은 정말 그냥 약간 아쉬운 표정일 뿐이었다. 그외는 지금의 순간이 지극히 만족스럽다는 얼굴이었다. 어찌되었든 제논은 그녀에게 의지하고 있었고, 많은 영지의 대소사를 그녀와 의논하고 있었기 때문이었다.

"그렇게 많은 시간이 필요한 것은 아니에요. 다만, 고위 마법사가 별로 없는지라 시간이 걸릴 뿐이지요."

"미안… 하군. 어려운 일만 시켜서."

제논이 찻잔을 내려놓으며 참으로 어렵게 하는 말이었다. 그에 살짝 미소를 떠올리며 괜찮다는 표정을 지어 보이는 클라렌스였다.

"괜찮아요. 오라버니가 아니었다면 나는 나의 인생을 살 수 없었겠지요. 가문을 위하여 혹은 아버지를 위하여 혹은 어딘가에 기댈 존재를 찾아 바람처럼 흩날리고 있겠지요."

마치 남의 일처럼 담담하게 말을 하는 클라렌스였다. 그녀는 뛰어나나 여자였다. 그녀는 공작 가문의 공녀였으나, 스스로 할 수 있는 일이 없었다. 권력에서 밀려나고, 가문의 힘을 위하여 혹은 어떠한 목적에 의하여 쫓기듯 변방으로 밀려나야 했다.

그녀는 그녀 자신을 너무나 잘 알고 있었다. 하나, 자신을 잘 안다 하여서 자신의 일을 객관적으로 처리하지는 못했다. 그녀 스스로의 일이기 때문이었다.

제삼자가 되지 못하고 항상 주관적으로 변하기 때문이었다. 다른 이들은 그녀를 보고 정말 아깝다는 생각을 한다. 그녀가 남자로 태어났더라면 공작가는 또 다른 모습을 할 수 있었을 것이라 말을 한다.

하나 다른 이들이 보기에는 훌륭해도 그녀가 생각하기에 자신은 그저 귀족가의 여자였고, 객관적이지 못하고 주관적인 그런 평범한 공녀일 뿐이었다. 그런데 그러한 자신의 틀을 벗어나게 만들어준 것이 바로 제논 패트리아스라는 사람이었다.

사실 클라렌스가 제논을 대하는 마음은 상당히 미묘했다. 좋아한다고 할 수도 혹은 사랑한다고 할 수도 없는 그런 존재. 과거 선연이 꼬이고 꼬여 이제는 악연이 되어버린 사람.

같은 곳을 바라보지만 서로의 입장 탓에 다른 방향에 서야만 하는 그런 사람. 언제나 마음에 두고 있으면서도, 가까이 갈 수 없는 그런 사람이 되어 있었다.

미묘한 그녀의 마음을 아는지 모르는지 제논은 여전하게 클라렌스를 대할 뿐이었다. 가끔은 자신을 다르게 생각하는지 알고 싶고, 그럴 수도 있겠다 생각하지만 그것은 오로지 그녀만의 생각.

그러함에도 클라렌스는 지금 이 상황이 대단히 기꺼웠다. 같이 있을 수 있기 때문이었다. 미묘하지만 언제든지 그 자리에 그대로 있을 것 같은 이가 있으니 말이다.

"다른 사람의 의지가 아닌 오로지 나만의 의지로 삶을 영위하는 것. 이것만으로 나는 오라버니에게 무엇으로도 갚지 못할 도움을 받은 것이니까요."

"……그렇게 생각해 준다면야."

제논은 고개를 끄덕였다. 그의 얼굴에는 전혀 감흥이 묻어나지 않았다. 그러한 제논의 얼굴을 바라본 클라렌스는 아주 작게 한숨을 내쉬었다. 이 한숨이 어떠한 숨인지는 그녀만이 알 것이나 어찌 보면 제논도 알 것 같았다.

하나, 제논의 태도는 언제나 이런 식이었다. 그래도 클라렌스는 불만이 없었다. 표현이 너무나도 서툰 제논의 태도에 조금은 아쉽기는 하지만 이해할 수 있었다.

그는 스스로 자신에게 다가오지 않으려 하고 있었다. 다른 이들은 모르나 자신에게 가까워지는 것을 스스로 지극히 절제하고 있음을 알았다. 말을 하지 않았지만 분명 그렇게 느끼고 있고 그렇게 느낄 것이다.

알고 있지만, 아니, 스스로 안다고 생각하고 있어서 더욱더 스스럼없이 다가갈 수 없었다. 다가가기 어려웠다. 자신은 어찌 되었든 장성한 자식을 둔 상처한 귀족이고 복수의 대상인 헤밀턴 공작 가문의 일원이었으며, 자신의 언니는 과거 그의 첫사랑이자 약혼녀였으니 말이다.

둘은 서로가 깊은 상처를 가진 이들이었기에 서로의 입장을 누구보다도 잘 이해하고 앎에도 서로에게 다가가기 어려웠다. 제논은 제논대로 클라렌스는 클라렌스대로.

그 둘은 그렇게 같이 해오고 있었다. 알면서도 모른 체하고 스스로의 약점 혹은 단저에 걸려 상대의 마음을 미리 재단하고 있었다. 그것이 배려인지 아니면 그저 알 수 없는 사람의 마음인지는 모르지만.

딸깍!

제논이 말없이 차를 마시자 클라렌스는 차를 다 마셨는지 찻잔을 접시에 놓고 슬쩍 제논을 응시하고 있었다. 아직 제논의 말이 끝나지 않았음을 직감하고 있었기 때문이었다.

"그리고……."

역시 말을 계속 잇는 제논이었다. 클라렌스의 시선이 제논에게로 향했다. 둘의 시선이 부딪혔다. 그에 약간은 아주 짧은 정적이 감돌았지만 이내 제논의 목소리가 그 정적을 깨웠다.

"본 영지를 비롯한 16개 영지의 통합 마법 병단장을 네가 맡아줬으면 좋겠다."

제논의 말에 클라렌스는 활짝 웃었다. 그것은 오히려 자신이 하고 싶었던 말이었다. 그녀 역시 자신의 발자취를 남기고 싶어 했다. 이미 그녀는 자신만의 마법적인 성취를 이뤘으니 말이다.

"좋아요."

"명칭은……."

"The Tower of Honor(영광의 탑)."

"……그래."

제논의 허락이 떨어지자 클라렌스의 눈이 초승달처럼 휘어졌다. 진정으로 기뻐하는 것이었다. 영광의 탑. 제논은 그 의미를 알고 있었다. 과거 자신의 가문은 The Family Honor(영광의 가문)이라 불렸었다.

묘하게 닮아 있는 클라렌스가 만들 마탑의 명칭이었다. 그것도 아주 서슴없이, 잠시의 지체도 없이 나온 승낙과 명칭이었기에 제논은 약간의 고소를 베어 물고 허락했다.

제논의 허락에 클라렌스는 기쁜 웃음을 지으며 자리에서 일어났다. 그녀의 목소리는 무척이나 쾌활했다. 마치 무언가 대단한 것을 인정받은 듯한 그런 뿌듯함이 깃들어 있는 목소리였다.

"이만 가봐야겠어요. 빨리 움직이면 움직일수록 좋은 것이
니까요."

"……그래. 부탁한다."

"그래요."

클라렌스가 몸을 돌려 사라졌다. 그녀가 사라진 후 약간의
시간이 지나서야 제논의 시선이 그녀가 머물렀던 자리를 훑
었고, 그녀가 옮긴 걸음의 공간을 스치듯 따라 움직였다.

그러한 그의 눈동자에는 말 못할 무언가가 복잡하게 얽히
고 있었다. 조금은 아련하면서도 불만스럽고, 화나면서도 어
찌할 수 없는 그런 복잡하게 얽힌 그의 눈동자였다.

"……미안하다."

나직하게, 아주 나직하게 읊조리는 제논의 음성이었다. 마
스터가 귀를 기울여 들어야 겨우 들을 수 있을 작은 소리였
다. 하나, 그 음성에는 진정이 느껴질 정도로 미안함이 담겨
있었다.

클라렌스가 제논을 생각하고 있듯이 제논 역시 클라렌스
를 생각하고 있었다. 하나, 그는 클라렌스에게 다가갈 수 없
었다. 왜냐하면 그는 죽음을 향해 끊임없이 전진하고 있었기
때문이었다.

제논은 그녀가 행복하길 바랐다. 처음엔 그저 과거의 편린

일 뿐이었으나, 어느 순간 그의 가슴 한구석에 그녀가 자리 잡기 시작했다. 하나 그는 그녀를 잡지 않았다.

아니, 잡을 수 없었다. 그녀에게 또 다른 슬픔을 전해주기 싫기 때문이었다. 어찌 보면 참으로 웃긴 이야기라 할 수 있었다. 서로의 약점 때문에 서로에게 다가가지 못하는 이 둘의 운명이 말이다.

그래서 제논은 클라렌스를 그저 먼발치에서 바라만 보고 있을 뿐이었다. 자신을 잊어버리라는 듯이 석상이 된 듯이 바라보았다. 이 자신만의 전쟁이 끝나고 난 후에도 그녀가 행복했으면 하는 바람으로 지금 당장 자신이 해줄 수 있는 것을 해주면서 말이다.

그렇게 그들의 관계가 조금도 발전하지 못하고 그저 제자리걸음을 하고 있는 동안에도 패트리아스 영지는 끊임없이 발전하고 있었고, 주변의 견제는 끊임없니 지속되고 있었다.

그중 내표적인 것은 역시 영광의 탑에 대한 건제라 할 것이었다. 패트리아스 영지에는 수많은 용병 마법사나 자유 마법사가 영광의 탑으로 몰려들었다. 사실 처음 영광의 탑이라는 마탑을 세운다고 세상에 알리자 세상은 코웃음 쳤다.

'말 같지도 않아서……'

'겨우 마법사 한 명이 마탑을 세워? 그것도 여마법사가?'

그러던 것이 그 마탑의 주인이 전 헤밀턴 공작 가문의 삼 공녀였던 클라렌스 헤밀턴이자 이제는 프라네리온 백작이 된 클라렌스라고 하자 사람들이 조금씩 몰려들었다.

'흥! 어디 두고 보자. 내가 자격이 없다니. 대체 이 대륙의 누가 자격이 있는지 보자는 말이다.'

'기대했지만 역시 여마법사의 한계인가?'

이런 반응이 있는가 하면은 전혀 다른 반응을 보인 마법사 들도 있었다.

'새롭다. 확실히 새롭다. 내가 머물러야 할 곳은 영광의 탑 일 것이다.'

'그녀 혹은 영광의 탑주는 진실로 마법을 위한 마법을 사 랑한 이였다.'

이러한 적극적인 평을 하는 이들도 있었다. 세간의 평이 어 찌 되었든 영광의 탑은 점점 마법사가 늘어났고, 그렇게 늘어 나고 명성이 높아짐에 따라 영광의 탑을 질투하거나 클라렌 스를 모독하는 일이 다반사로 발생했다. 그러나 그러함에도 영광의 탑은 동북부 지역에서는 유일한 마탑으로 인정받고 있었다. 그것도 불과 2년 만에 말이다.

영광의 탑이 인정받을 수밖에 없는 것은 역시 마탑의 주활 동 무대가 동북부 지역으로 국한되어 패트리아스 백작의 비 호 아래 있는 것도 상당히 작용했지만 클라렌스가 아니었으면 영광의 탑은 동북부가 아니라 그 어떤 곳에서도 결코 자리 잡지 못했을 것이다.

그만큼 영광의 탑에 대한 클라렌스의 열정은 대단한 것이었다. 그 덕분에 비록 대외적으로는 6서클의 탑주인 클라렌스와 5서클에 이르는 두 명의 부탑주가 있고, 세 명의 선임 마법사와 일곱 명의 정식 마법사 그리고 23명의 수습 마법사가 있는 영광의 탑이 되었다.

그러한 그들이 모여, 패트리아스 백작을 중심으로 뭉친 동북부 귀족 연합의 영지에 대규모 포탈 설치라는 엄청난 작업을 불과 2년 만에 완료시켰다. 물론 이 사실 또한 극비라 할 수 있었다.

당대에 이르러 대체 누가 있어 최상급 마정석과 고대의 마법진을 해석하여 1백 명 이상을 한꺼번에 시간 간격 없이 이동시킬 대규모의 포탈을 만들 수 있다는 말인가?

그러하니 사람들은 보고도 믿지 않을 것이며, 오히려 그녀를 의심하고, 영광이 탑을 의심할 것이다. 귀족들의 아집과 마법사들의 아집이란 다르면서도 일맥상통하는 면이 있기 때문이었다.

어찌 되었든 대규모의 포탈과 영광의 탑의 실질적인 전력은 모든 것이 극비로 다뤄지게 되었다. 그 사실은 동북부 귀족 연합 중에서도 수장 또는 실질적인 무력을 담당하는 이들을 제외하고는 함구할 수밖에 없었다.

아직 전력은 타 세력보다 약하기 때문에. 최대한 자신이 전력을 숨겨야 할 필요성이 있으므로 말이다. 그래야만 3년이라는 기한이 지났을 때 패트리아스 백작 가문이 살아남을 수 있었다.

그리고 동북부 귀족 연합을 거미줄처럼 연결하는 포탈이 완성되자 그것을 기념하여 동북부 귀족 연합의 모든 귀족이 이 패트리아스 백작 영주성의 대회의실에 모인 것이었다.

"경제적으로는 이제 문제없을 것 같은데……."

"물론 그렇습니다."

"하면, 문제라는 것은?"

"그것은 소작이 말씀드리겠습니다."

드라기 백작 대신 말을 하는 이는 바로 곤잘레스 남작이었다. 동북부 귀족 연합의 정보부의 부장으로 있는 이는 드라기 백작이었지만 실무적인 모든 것을 담당하는 자는 곤잘레스 남작이었기 때문이었다.

"듣겠네."

제논의 말에 살짝 그에게 고개를 숙여 예를 표한 곤잘레스 남작이 자리에서 일어서 목을 잠시 가다듬고 이내 입을 열었다.

"기실 대규모의 포탈이 완성되기 전인 지난 2년 동안 주변 영지로부터 수많은 경제적인 제재를 받은 것은 사실입니다. 물론 그 방법이라는 것이 매점매석이나 혹은 교묘한 계약 조건을 이용한 손해 등 다양하고 치졸한 방법이었지만 말입니다."

사실 그러했다. 코린 왕국의 대부분을 장악하고 있는 헤밀턴 공작 가문에 속한 귀족의 모임인 '대 코린 왕국 귀족 연맹'에서는 그러한 방법을 사용해 물적 혹은 정신적 그리고 금전적으로 동북부 귀족 연합에 상당한 손해를 입히고 있었다.

하나 외형적으로 동북부 귀족 연합이 대 코린 왕국 귀족 연맹에 상당한 타격을 입고, 제대로 된 활동을 하지 못하고 있는 것으로 보일지 모르나 실제 내실을 살펴본다면 그들은 혀를 내두를 수밖에 없었을 것이다.

대 코린 왕국 귀족 연맹에 헤밀턴 공작 가문과 오브레임 후작 가문이 있다고 하면 동북부 귀족 연합에는 제논이 있었고, 클라렌스가 있었다. 단 두 명의 인물이 어찌 가문의 경제력과 대적할 수 있겠느냐 하겠지만 제논과 클라렌스의 내면을 본다면 짐작하고도 남을 것이다.

제논은 사라졌던 정령사의 맥을 이었고, 과거 대 제국을 이룩한 전신 베르누크 아이젠의 후계자였다. 그의 아공간에는 이루 헤아릴 수조차 없을 만큼의 대단한 재화가 있었다.

클라렌스는 또 어떠한가? 그녀는 이제는 전설로 치부되어 버리는 이 대륙의 마지막 드래곤인 레드 드래곤 카르베이너스의 모든 것을 물려받았다.

그 둘이 가진 재화는 이 대륙을 모두 합한다 하여도 결코 따를 수 없을 정도라 할 수 있었다. 대 코린 왕국 귀족 연맹이 아무리 대단한 재력을 지닌 귀족가문의 연맹이라 할지라도 마르지 않는 샘물과 같은 그 둘의 재력을 당할 수는 없는 법이었다.

그렇게 외견에서 보는 것과는 전혀 다르게 아주 평온하게 내실을 다진 동북부 귀족 연합이었기에 타격보다는 오히려 탄탄한 내실을 기했다고 해도 과언이 아니었다.

"하지만 그들의 방법은 결코 본 귀족 연합에게는 압박이 될 수 없었습니다. 그런데 왜 갑자기 그들의 압박을 의제로 제시하는지 의문일 것입니다."

그렇게 말을 하고 대회의실을 한 번 주욱 훑어보는 곤잘레스 남작이었다. 그리고 모든 시선이 자신에게로 향했다는 것을 인지하고 이내 입을 열었다.

"그것은 바로 그들의 무력적인 도발이 노골화되고 있기 때문입니다."

바로 이것이었다. 아직 1년이라는 기한이 남았음에도 불구하고 대 코린 왕국 귀족 연맹은 국왕의 명을 거역하고 알게 모르게 무력적인 도발을 시작한 것이었다.

이것은 상당히 중요한 사실을 의미하는데, 첫째로 이제는 더 이상 귀족들이 국왕의 눈치를 보지 않는다는 것이었고, 둘째로 그러한 귀족들의 도발에도 불구하고 국왕은 여전히 아무런 행동을 취하고 있지 않다는 것이었다.

첫 번째 문제는 귀족들이 국왕을 국왕으로 인정하지 않고 독자적인 세력을 가지고 움직이고, 국왕을 무시할 만큼의 무력과 경제력을 갖추었으며, 정통성이나 명분에 대한 논쟁을 무시할 수 있을 정도의 세력을 가졌다고 봐도 무방한 것이 그 이유였다.

두 번째 문제는 그 모든 것을 알고 있음에도 불구하고 묵묵부답으로 아무런 행동을 취하지 않고 있는 국왕이 무언가 커다란 것을 준비하고 있음을 시사하고 있었다.

왜냐하면 지금까지 권력을 가진 귀족들과 사사건건 첨예하게 대립해 오던 국왕이 어느 순간 조용하게 아무런 행동도 하지 않고 있다는 것은 그만큼 국왕이 지금의 정세를 한꺼번에 역전시킬 비장의 어떤 것이 있다는 것으로 추측되기 때문이었다.

그 비장의 어떤 것이 어떠한 것일지는 모르나 지금까지 행한 국왕의 행태를 본다면 결국 외세의 힘이라고 할 수밖에 없을 것이다. 지금까지 그래 왔던 것처럼 나파즈 왕국의 힘이나 혹은 제국의 힘을 끌어들이는 그런 방법 말이다.

그러지 않고서는 현재의 정세를 뒤집을 수 있는 방법은 없었다. 그것을 아는 식자들은 국왕을 버리기 시작했다. 늑대를 잡으려 오우거를 불러들이는 우매한 방법이었기 때문이었다.

그러한 와중에 패트리아스 백작 가문은 점점 강성해지고 있었다. 그러하니 귀족들의 입장에서는 결코 좋게 볼 수 없는 입장이었다. 그리고 어떤 자신감이 붙었는지 동북부 귀족 연합을 향하는 상단들이 수시로 공격받기 시작한 것이다.

"최근 본 영지의 경계를 침입하는 타 귀족들의 병력에 의해 국지전이 수시로 벌어지고 있는 상황입니다. 그리고 본 영지 혹은 동북부 귀족 연합을 드나드는 상단을 중심으로 상당한 피해를 입고 있는 상황입니다."

"가장 시급한 곳은?"

"아무래도 본 영지가 아닐까 합니다. 동북부 귀족 연합의 중심이기 때문입니다."

대회의실에 모여 있는 이들의 안색이 조금씩 굳어지고 있었다. 사태가 점점 어쩔 수 없는 방향으로 향하고 있었다. 3년이라는 기한을 채 채우지도 못하고 전쟁이 일어날 가능성이 높았다.

그렇다고 국왕의 지원을 바라는 것은 실로 어리석은지라

지금의 동북부 귀족 연합만으로 코린 왕국의 귀족파와 대적해야만 했다. 대회의실에 모여 있는 모든 이들은 그 사실을 알고 있었다.

"산적들 중 가장 큰 세력이 어디지?"

"본 영지와 수도를 잇는 헬카드산의 산적들입니다."

"수는?"

"대략 5천에 이른다는 보고입니다."

5천이라는 말에 귀족들이 웅성거렸다. 5천이라면 이미 일반적으로 볼 때도 산적을 넘어선 규모였다.

한데, 그들은 일반적인 산적이 아니었다. 전체 귀족은 아니어도 제논의 측근들은 그들이 동부를 대표하는 귀족파에서 차출한 기사와 병사라는 것을 모르지 않았다.

"많군."

하지만 귀족들의 반응과는 다르게 제논의 음성은 시큰둥했다. 꼭 남의 영지 일이라는 듯이 말이다. 그에 귀족들은 조용히 입을 닫았다. 지금까지 행한 제논의 언행을 보건대 그가 별로라면 별로였다.

"대책이 있으신 겁니까?"

약간은 둥글둥글한 몸과 서글서글한 얼굴의 패튼 자작이 물었다. 그의 얼굴에는 굳은 신뢰가 어려 있었다. 그는 드라기 백작을 따라 중도파에 있던 자로서 무력보다는 상인적인 재능이 뛰어난 자였다.

그러하기에 대세를 읽는 눈이 뛰어난 것은 분명하지만 강단이 없는 자는 아니었다. 그가 만약 강단이 없었다면 귀족파에 몸을 담았지 결코 중도파에 몸을 담지 않았을 것이기 때문이다.

최초 드라기 백작이 패트리아스 백작을 섬긴다고 했을 뚜렷하게 반대 의사를 표하기보다는 상당히 신중하게 접근을 했던 자이기도 했다. 그리고 지금에 와서는 가장 열렬한 패트리아스 백작 가문의 가신이라 할 수 있었다.

그는 스스로 동북부 귀족 연합의 일원이면서 개인적으로는 패트리아스 가문의 가신이 되기를 원한 자였다.

"어려울 것 없소."

"그렇다 함은……."

"저들에게 우리의 힘을 조금 보여줄 시간이 된 것뿐이오."

"외람되지만 소작이 그 선봉에 서겠습니다."

제논은 자신의 생각을 확실하게 밝혔다. 그에 한 명의 인물이 입을 열어 그 선봉에 서겠다고 자청하고 나섰다. 바로 패치튼의 로버트 갈루치 남작이었다.

그는 기사 출신인 만큼 성향이 상당히 적극적인 자였다. 그만큼 단순하지만 그렇다고 아주 무식하지는 않았다. 지닌 바 용력은 충분히 선봉으로서 나설 만한 인물이었다.

제논은 그저 조용히 고개를 끄덕인 후 아직 자리에 착석하고 있지 않은 곤잘레스 남작을 바라보았다. 제논의 시선을 받은 곤잘레스 남작은 자그맣게 고개를 끄덕인 후 다시 입을 열었다.

"아아~ 조용해 주시기 바랍니다. 아직 백작 각하께서 명을 내린 계획에 대한 발언은 끝나지 않았습니다."

곤잘레스 남작의 말에 웅성거리던 장내가 조용해졌다. 곤잘레스 남작의 말에 의하면 그냥 단발성으로 끝날 계획이 아닌 것이었다.

"이번 계획은 산적 일제 소탕 작전으로서 지금까지 그저 보아두기만 하고 소탕하지 않은 산적들을 일거에 소탕할 계획입니다. 기한은 약 반년으로 잡고 있으며, 네 방향을 통해 작전을 시행할 것입니다."

대회의실은 조금씩 열기를 더해가고 있었다. 이미 작정을 하고 있는 동북부 귀족 연합이었다. 어차피 이러지 않고는 살아남을 수 없다는 것을 니무도 잘 알고 있는 이들이었고, 상황 자체가 그러했다.

"먼저 가장 세력이 강성한 남부 헬카드산의 산적과 주변 중소 규모의 산적 2천을 합한 총 7천의 산적을 소탕할 사령관으로는 미하일 칼라시니코프를 임명합니다."

그것이 시작이었다. 동부의 쿠르슨 지역의 산적을 소탕할 사령관으로는 마빈 헤글러 남작으로 2백의 기사와 4천의 병력을, 서부의 쿠르스크 지역 산적을 소탕할 사령관으로는 자이브 클레인 남작으로 전 플레이크 후작 가문의 병력이, 북부의 세게드 지역의 산적을 소탕할 사령관은 맷 캠프 남작이 선정되었다.

사령관이 정해지고 기사와 병력이 정해지자 그 뒤부터는 일사천리였다. 굳이 제논이 나서서 이리저리 말을 할 필요가 없었다. 곤잘레스 남작은 각 방면의 사령관 말고도 사령관을 보좌할 군사장과 부사령관을 임명했는데 그 면면 역시 타당하여 모든 귀족이 어떠한 반론을 제기할 수 없을 정도였다.

미하일 칼라시니코프를 보좌할 군사장으로는 아리에 와르셀 남작으로, 칼라시티코프의 요청이나 곤잘레스 남작의 생각이 아닌 와르셀 남작 본인이 직접 나선 결과였으며, 부사령관으로는 데릭 스웨인이 임명되었다.

그리고 마빈 헤글러 남작의 군사장은 제이슨 마르티네즈, 부사령관으로는 슈거레이 레너드 경, 자이브 클레인 남작의 군사장은 조나단 플레이크가, 부사령관으로는 옴파로스 베베로 경이, 맷 캠프 남작의 군사장으로는 임마누엘 페스트리스가, 부사령관으로는 윌리엄 매덕스 경으로 정해졌다.

이들 중에 제논의 측근 중 측근이라 할 수 있는 과거 인연이 있는 이들은 한 명도 없었다. 그 연유는 바로 이들에게 기회를 주기 위함이었다. 비록 산적들을 소탕하는 것이나 산적들의 배후에는 귀족파의 귀족이 존재했다.

이것은 그 귀족들에게 보내는 경고라 할 수 있었다. 우리도 이만한 힘이 있다는 것을 보여주는 것이다. 물론, 그 이면은 약간의 시간 벌기용이라는 점도 없지는 않았다.

이번의 대대적인 소탕으로 약간 움츠러들긴 하겠지만 결국 그들의 도발은 다시 시작할 것이다. 그리고 결국 3년이라는 기한이 끝나자마자 영지전이 쇄도하게 될 것이다.

영지전의 대상은 동북부 귀족 연합 전체가 아닌 패트리아스 백작에게로 집중될 가능성이 높았다. 왜냐하면 동북부 귀족 연합의 중심이 바로 패트리아스 백작 가문이기 때문이었다.

대대적인 산적 소탕 작전 계획이 발표되자 동북부 귀족 연합은 여러모로 떠들썩해지고 있었다. 용병들이 모여들고 있었고, 여기저기서 군량을 비축하거나 혹은 전투에 사용될 무구, 방어구를 제작하는 등 전체적으로 어수선한 분위기가 만들어졌다.

그러나 그 어수선한 분위기는 침울함이 아닌 밝음이었다. 어떤 기대와 희망을 가진 그런 어수선함인지라 동북부 귀족 연합의 영지에 있는 영지민들의 표정은 그리 나쁘지 않았다.

다만, 산적들과의 전투라고는 하나 역시 무기를 들고 상대를 죽여야만 가능한 전투였다. 뛰어난 전략, 혹은 산적들이 영지의 정규 병력이 무서워 무조건 항복을 하지 않는 한 분명 피를 흘려야 하는 소탕 작전이기에 그때 생길 죽음에 대한 두려움으로 표정이 아주 밝을 수는 없었다.

"지금 상황으로써는 그리 나쁘지는 않아요."

"그렇군."

클라렌스와 제논이 대화를 하고 있었다. 그리고 그 둘과 함께 스웬슨과 젠슨이 각각 자리하고 있었다. 네 명은 지금 영주성의 꼭대기에 올라 보통 사람으로서는 보이지도 않을 먼 거리를 바라보며 대화를 하고 있었다.

푸르게 맑은 하늘과 짙은 녹색으로 조금씩 제 옷을 붉은색으로 갈아입고 있는 자연이었다. 눈을 부릅뜬다 하더라도 잘 보이지 않을 그 먼 거리에서 제논과 클라렌스는 영지민들의 얼굴을 아주 명확하게 볼 수 있었다.

"토벌대는 언제 출발하지?"

"이틀 남았네요."

어느새 제논과 클라렌스의 대화는 상당히 자연스러워지고 있었다. 의도적인 것인지 아니면 둘 사이에 어떤 말이 오고 갔는지는 모르지만 과거와 달리 상당히 자연스러워진 둘이었다.

"하면, 적어도 일주일 내 첫 접전이 벌어지겠군."

"그렇게 되겠지요. 물론, 거리에 따라 달라지겠지만 말이지요."

동북부의 영지가 산악 지형이 많아 같은 거리라 할지라도 두 배 이상의 시간이 걸림은 모두 알고 있는 사실이었다. 그래서 산적들이 들끓기에 최적의 장소이기도 했고 말이다.

보통 지금 동북부 귀족 연합에 속한 영지의 동, 서, 남, 북 끝 지점에 있는 곳으로 이동하기 위해서는 적어도 보름 내지 스무 날의 시간이 필요했다. 단순히 한두 명이 아니고 평균 4천이 넘는 군량과 병력이 움직이고 있으니 당연한 것이었다.

그런데 겨우 일주일 만에 접전이 벌어진다고 하니 조금 이상한 생각이 들었다. 하나, 그들의 말은 사실이었다. 왜냐하면 이 모든 것이 바로 영광의 탑의 탑주로서 클라렌스가 동북부 귀족 연합 전 영지에 거미줄처럼 만들어놓은 대규모 포탈 때문이었다.

"과연 그들의 배후에 귀족들만 있을까?"

뜬금없이 던진 제논의 의문이었다. 클라렌스를 비롯한 스웬슨과 젠슨은 답을 하지 않고 제논을 바라보았다. 그러다 다시 시선을 전방으로 향하며 입을 열었다.

"아닐 수도 있을 거예요."

"……"

세 명 중 클라렌스가 가장 먼저 입을 열었다. 무척이나 무덤덤한 그녀의 목소리였다. 마치 자신과는 아무런 관계가 없다는 듯이 말이다.

"내가 보기에 코린 왕국의 국왕은 그릇이 너무 작아요. 역대 국왕만큼이나 뛰어난 머리를 가지고 있기는 하지만 그 뛰어난 머리를 대국적인 관점에서 보지 못하고 지극히 개인적인 질투와 허영을 채우는 데 사용하고 있어요."

클라렌스의 말에 제논과 스웬슨 그리고 젠슨은 조용히 고개를 끄덕일 수밖에 없었다. 사실 그러했으니 말이다. 현 국왕이 조금만 더 대국적인 관점으로 돌아섰더라면 지금의 정국은 절대 만들어지지 않았을 것이다.

"그리고 그는 지금 상당한 귀족들에게 회자되고 있는 오라버니의 명성을 시기하고 질투하고 있죠. 제가 보기에 남부의 산적들은 분명 국왕파의 귀족들이 그 배후일 가능성이 높아요."

아마도 이것은 정보부 역시 그리 판단하고 있을 것이다. 그래서 일부러 아리에 와르셀 남작을 남부의 군사장으로 딸려보낸 것이 아닌지 모를 일이었다.

"이참에 국왕에게 경고를 하는 것도 좋을 것 같군."

제논의 무심한 말에 클라렌스의 고개가 세차게 돌아갔다. 그리고 놀란 눈으로 제논을 바라보았다.

"설마……."

"아니. 그냥 경고."

"후우~ 놀랐네요."

클라렌스의 설마는 바로 국왕에게 죽음을 내리겠느냐는 물음이었다. 하나, 제논은 아직 그럴 생각이 없었다. 그가 자신을 방패막이로 이용하고는 있지만 어쨌든 코린 왕국의 지존인 것은 사실이니까.

그리고 딱히 그가 싫지는 않았다. 그렇다고 좋아하지도 않았지만 말이다. 자신을 이용하려 한다고는 하지만 지금까지 직접적으로 자신에게 해를 끼친 경우가 없으니 그저 그렇게 지내온 것이었다.

그런데 이번 헬카드산의 산적들은 달랐다. 무려 5천의 산적이었다. 5천이면 여느 백작 가문의 상비군과 다를 바 없었다. 그런데 그러한 숫자가 수도로 가는 길목을 차고 앉아 재물을 획득하고 생명을 앗아가니 제논의 고개가 조금은 삐딱하게 돌아가는 상황이었다.

"언제 갈 거에요?"

"전투가 벌어지고 나서."

"물론 혼자 갈 거죠?"

"이런 일은 혼자가 편하지."

"알았어요."

확실히 그러했다. 클라렌스 자신도 그렇지만 은밀함을 요구하는 데 누가 옆에 붙는 것은 상당히 거추장스러웠다. 그때 다시 제논의 목소리가 클라렌스의 귓등을 때렸다.

"그리고… 부탁을 하나 하자."

"어떤?"

"아무래도 영지에 간자가 있는 것 같다."

"간자라……."

이미 클라렌스도 짐작하고 있는 상황이었다. 지난 2년 동안 패트리아스 백작 가문에는 상당히 많은 귀족과 기사가 찾아들었고 둥지를 틀었다. 조사한다고는 했지만 그 모두를 조사하기에는 시간과 인력, 모든 것이 부족한 패트리아스 백작의 영지였다.

"산적들과 한꺼번에 정리하자는 것인가요?"

"그래."

"어느 선까지요?"

"국왕 쪽이든 귀족 쪽이든 상관없이 모두."

제논의 말에 이마를 살짝 찌푸리는 클라렌스였다. 간자를 처리하는 것은 당연한 것이었다. 하지만 그렇게 된다면 오히려 저들은 더욱더 경계할지 몰랐다. 풀을 건드려 뱀을 놀라게 하는 우를 범할 수 있었기 때문이었다.

"그들이 이빨을 드러내지 않을까요?"

"그러라고 하는 거지."

순간 다시 클라렌스의 시선이 제논에게로 향했다. 마침 제논 역시 클라렌스에게로 시선을 두고 있었다. 제논의 눈동자는 전혀 흔들림이 없었다. 지금 그는 진심을 말하고 있다는 것을 의미했다.

그러함에도 클라렌스는 제논의 눈동자로부터 시선을 거두지 않았다. 클라렌스는 지금 제논의 생각을 읽고 있었다. 무슨 의도일까? 아직 정비가 완료되지 않았는데 말이다.

"너무 오래 기다렸어."

"하지만……."

"나는 이제 슬슬 힘들어져. 기다리는 것도, 복수의 칼을 가슴에 심어두는 것도 말이야. 언젠가는 만날 것이나 평생 동안 짐을 짊어지고 싶지는 않아. 그리고 무엇보다 국왕과 귀족들이 나를 가만 놔두지 않을 것 같아서 말이지."

어색하게 웃음을 지어 보이는 제논이었다. 평생 웃어보지 않은 것처럼 너무나도 어색한 웃음이었다. 하지만 그의 눈동자에는 진한 아픔이 깔려 있었다.

"간자들을… 철저하게 색출하고 제거해 줘. 그리고 서부는 스웬슨이, 북부는 젠슨이, 그리고 동부는 클라렌스 네가 가줬으면 좋겠어."

"간자들 때문인가요?"

이미 결정 난 각 방면 산적 토벌군들에 대한 배치였다. 그런데 회의석상에서는 아무런 말도 하지 않던 제논이 지금에 와서 그 말을 한다는 것은 아무래도 간자들 때문일 가능성이 농후했다.

"그래. 그들이 어디까지 침투했는지 모를 일이지. 처음부터는 아니었을지라도 어느 순간 자신도 모르게 그들에게 정보를 제공할 수도 있음이니까."

"알았어요. 간자 색출과 각 방면군의 원조가 같이 이루어져야 할 것 같네요."

"부탁한다."

부탁이라는 말이 나오자 제논의 옆에서 호탕한 웃음소리가 들렸다.

"푸하하. 아따~ 성님도 참. 걱정도 팔자슈. 걱정 붙들어 매슈. 우리만 가는 것도 아니고, 라이칸 기사단이 함께할 것이니 그리 어렵지 않을 거유. 물론, 밤의 일족이 온다면 약간은 힘들겠으나 그뿐이잖겠수."

스웬슨의 말에 제논은 고개를 끄덕였다. 여기 있는 이들 중 제일 약한 이가 젠슨이라 할 수 있었다. 하지만 젠슨도 그동안 놀고만 있는 것은 아니었다. 젠슨의 과거와는 천양지차로 달라져 있기 때문이었다.

혈통적으로 상위 혈통으로 상승하기 어렵다는 고정관념을 불식시키고 1세대에 진입한 젠슨이니 그의 분신의 실력을 모르는 밤의 일족들이라면 솔직히 그를 제압하기 어려웠다.

스웬슨의 말에 잠시 그를 바라던 시선을 클라렌스에 두었다. 그리고 그녀의 어깨를 두 손으로 잠아 힘을 주고는 이내 그녀의 시야에서 사라져 버렸다.

클라렌스와 스웬슨 그리고 젠슨은 그런 갑작스러운 제논의 모습에 그저 멍하니 그가 사라진 방향을 바라보고 있었다.

"뭐가 그리… 불안한 거죠?"

"거참! 성님도. 성질하고는."

스웬슨과 클라렌스는 제논의 눈 깊숙한 곳에서 불안감을 읽어냈다. 그 8서클의 현자에게도 쉽지 않은 일이었지만 그녀는 일반적인 8서클의 현자가 아닌 레드 드래곤 카르베이너스의 전인이었다.

제논이 왜 불안해하는가를 몰랐다. 지금의 세상에 그를 어떻게 할 인물은 없었다. 인물뿐 아니라 왕국이나 제국 역시 그러했다.

그런데 그의 눈동자 깊숙한 곳에는 공포가 아닌 불안감이 자리하고 있었다.

그것은 스웬슨 역시 느끼고 있었다. 비록 타박하듯 말을 하고 있었으나, 말과 달리 스웬슨의 얼굴은 클라렌스와 별반 다르지 않았다.

"형수도 읽었소?"

스웬슨은 클라렌스를 형수라 불렀다. 그는 처음부터 클라렌스를 그렇게 불렀다. 백작이니 혹은 마법사니 하는 다른 말이 많았으나 스웬슨은 그러한 것을 다 버리고 오직 형수라고만 불렀다.

처음엔 그렇게 부르지 말라 하기도 했지만 경고를 주는 그때뿐 다시 원래로 돌아오는 스웬슨의 넉살에 이제는 제논이나 클라렌스 둘 다 포기한 상태였다.

"뭔가 서두르는 듯한 인상을 받았어요."

"거참. 성님도……."

"볼일이 급한가 보지요, 뭐."

둘과는 다르게 그저 퉁명스럽게 말을 하는 젠슨이었다. 그러한 젠슨을 조금은 어처구니없게 바라보는 스웬슨이었다.

이 심각한 상황에 볼일이라니. 그러한 스웬슨의 시선을 젠슨은 멀뚱하게 받아내고 있었다.

대체 왜 그러냐는 듯이. 그에 스웬슨은 혀를 찰 뿐이었다.

"쯧!"

"우리도 서둘러야 하는 것 아니오?"

"넌 급한 볼일 없냐?"

"형님도 참. 이미 보고 왔소."

괜히 실없이 말장난하는 둘의 모습에 클라렌스는 피식 웃
어버렸다.

'아마 잘못 보았을 수도.'

클라렌스는 애써 그리 생각했다.

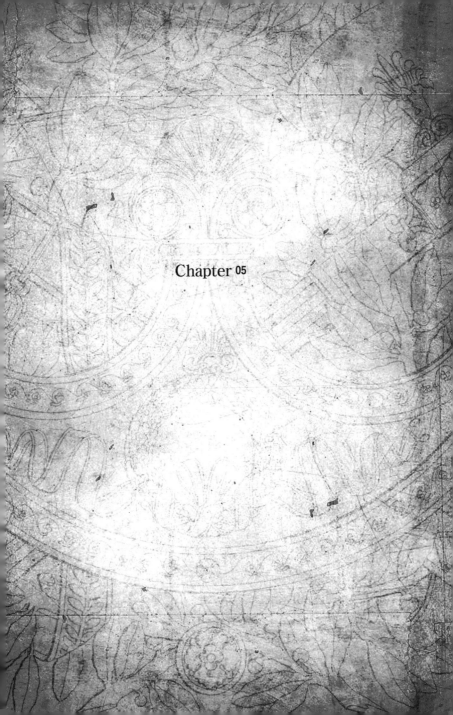

Chapter 05

"저곳인가? 헬카드산이란 곳이?"

"그렇습니다."

"그러면 이쯤에서 야영을 취해야 하겠군요."

칼라시니코프 남작의 말에 군사장인 와르셀 남작이 주변을 한 번 훑었다. 그리고는 이내 고개를 끄덕였다.

"괜찮은 곳입니다. 사방이 트인 곳에 은신 역시 쉽지 않습니다."

"군진을 설치하고, 완료되는 대로 석식을 한 뒤 지휘관 회의를 열도록 하겠소."

"명을 받듭니다."

와르셀 남작이 명을 받자 부사령관인 데릭 스웨인 경이 재빠르게 움직였다. 스웨인 경이 2백 명의 기사에게 명을 내리자 기사들은 빠르게 사방으로 내달려 병사들을 지휘하기 시작했다.

5천이라는 병력은 마치 하나의 몸인 양 움직여 나갔다. 불과 1시간 만에 군진은 완료되고, 석식을 준비하기 시작했다. 그러는 동안 부사령관 스웨인 경과 기사들은 병력 1천을 대동하고 사방을 경계하면서 지형지물을 숙지하고 있었다.

그들은 헬카드산에 들어가지는 않았다. 길잡이를 대동해 헬카드산 주변의 지형을 숙지하면서 만일을 대비하고 혹시 모를 적들이 기습할 수 있는 경로를 탐색하기 위한 것이었다.

그러한 사전 활동은 그들을 몰래 지켜보고 있는 이들에게는 상당한 부담으로 다가오고 있었다. 패트리아스 백작 영지군이 헬카드산 인근에서 군진을 구축하는 것을 지켜보는 일단의 인물들은 예의 침음성을 삼켰다.

"으으음."

"이거 만만치 않겠군요."

일단의 인물들은 거친 얼굴을 하고 있기는 했으나, 기골이 장대하고 단단함에 여느 기사와 다르지 않았다. 만약 이들에게 풀 플레이트 메일을 입힌다면 누가 보아도 귀족가의 훌륭한 기사라 할 수 있을 정도였다.

그러한 이들이 무려 열 명이나 되었다. 그중 붉은 머리에 붉은 수염을 한 이가 가장 독특하고 도드라졌는데 여기 모여 있는 이들 모두의 시선이 그에게로 향하고 있었다.

"과연 패트리아스 백작 가문이라 이건가?"

그는 그렇게 말을 하면서 싸늘한 미소를 베어 물었다. 그의 눈은 지금 열정으로 붉게 달아오르고 있었다. 저 멀리 보이는 패트리아스 백작 영지군은 그야말로 정예 중의 정예의 모습을 보이고 있었다.

아무것도 없는 황무지와 같은 영지에서 불과 2년 만에 동, 서, 남, 북의 네 방향으로 산적 토벌대를 보낼 정도로 성장한 패트리아스 백작 가문이었다.

"그래 봐야 겨우 2년입니다. 우리를 따르는 병력은 작게는 5년 길게는 20년을 같이 한 이들입니다. 상대가 안 되지요."

"암, 그렇지요. 그리고 이곳 헬카드산은 우리의 안방과 같은 곳 아니겠습니까? 저들이 아무리 길잡이를 고용했다 하나 우리보다 이곳을 더 잘 알 수는 없을 것입니다."

두 명의 인물이 그리 평가를 했다. 충분히 맞는 말이었지만 붉은 머리와 붉은 수염을 한 자는 의외의 말을 던졌다.

"정녕 그리 생각하오?"

"그럼 아니란 말이오?"

또 다른 이가 입을 열어 붉은 머리의 사내에게 물어보았다.

"당연히 아니지요."

"대체⋯⋯."

붉은 머리의 사내의 대답에 그게 무슨 말이냐는 듯한 표정을 지어 보이는 나머지의 사람들이었다. 하지만 붉은 머리의 사내는 그들을 보지 않고 멀리 떨어져 일사분란하게 움직이는 패트리아스 백작 영지군을 바라보고 있었다.

"최초 패트리아스 백작이 영지로 부임할 때 귀족들은 무어라 했소?"

"그. 그야⋯⋯."

"그를 비웃었소. 한 달도 못 갈 것이라 했소. 하나, 그는 한 달도 안 돼 자신에게 반기를 드는 자들을 모조리 제거하고 지난 2년 동안 왕국에 존재하는 두 개의 세력 못지않은 제3의 세력을 형성했소."

붉은 머리 사내의 말에 모두 할 말을 잃었다. 그러고 보니 그리했다. 정말 그리했다. 순간 그들은 자신들이 너무 상대를 얕보고 있다는 것을 깨달았다. 인정하기 싫지만 인정해야만 했다.

"또한, 그대들이라면 2년 내에 저들과 같은 병력을 만들어 낼 수 있겠소?"

여전히 답을 할 수 없는 이들이었다. 그럴 수 있다는 말이

목구멍까지 치밀어 올랐지만 객관적으로 불가능했기 때문이었다.

"인정하지… 않을 수 없겠구려."

"인정할 건 인정해야지요. 만만한 전력이 아닙니다."

붉은 머리 사내의 말에 일단의 무리는 딱딱하게 얼굴을 굳힌 채로 고개를 끄덕일 수밖에 없었다.

'어쩌면… 이것이 마지막일 수도……'

누구인지는 몰라도 그런 생각을 한 이가 있었다. 분명 있었다. 열 명 중 한 명이든 아니면 열 명 모두가 그러할지는 몰라도 말이다.

"적에 대한 정보가 있소?"

남부 헬카드산 앞에 진영을 정하고 석식까지 완전히 마친 패트리아스 백작 영지군을 이끄는 귀족들과 기사들이 남부 토벌군 총 사령관 막사에 모여 있었다.

기다란 회의 야전 회의 탁자의 중심에는 예의 칼라시니코프 남작이 자리하고 있었다. 그의 좌측에는 군사장인 와르셀 남작이 있었으며, 우측에는 데릭 스웨인 경이 자리하고 있었다.

그리고 지금의 물음은 바로 남부 토벌군의 군사장을 맡은 와르셀 남작에게 하는 것이었다. 칼라시니코프 남작의 물음에 와르셀 남작은 조금 불편한 표정이 되었다.

지금 와르셀 남작이 처한 상황이 매우 난처했기 때문이었다. 어디서 어떻게 정보를 접했는지 아니면 아는 것인지 모르는 것인지, 아주 기묘한 상황에서 자신을 남부 토벌군의 군사장으로 임명한 것이었다.

남부 헬카드산을 거점으로 왕국의 수도와 연결되는 길목에 자리 잡은 헬카드 산적단을 토벌하는 군사로 내정했을 때 와르셀 남작은 설마했다. 왜냐하면 헬카드 산적단은 국왕파의 세력이기 때문이었다.

'설마 모든 것을 이미 파악하고 있었던 것인가?'

와르셀 남작의 이런 생각은 칼라시니코프 토벌군 사령관을 향한 것이 아니라 바로 자신을 이 남부 산적 토벌군에 배정한 패트리아스 백작에 대한 것이었다.

'그는 어찌 알았을까? 도대체… 어찌 알았을까?'

그 의문은 남부 토벌군에 포함되어 이곳 헬카드 산적단의 근거지를 코앞에 두고 있는 상황에까지 계속되어 온 생각이었다. 하지만 답은 내릴 수 없었다. 그리고 지금에 와서야 와르셀 남작은 어느 정도 패트리아스 백작의 의도를 파악하고 있었다.

'그는 나에게 선택을 강요하고 있구나.'

이 헬카드산적단이 국왕파에 속한 귀족들의 병력이라는 것을 어떻게 알았느냐가 중요한 것이 아니었다. 어쩌면 이곳이 자신이 이 세상에서 마지막 볼 수 있는 장소가 될지도 몰랐다.

지금 와르셀 남작은 위기감을 느끼고 있었다.

'도대체… 어떻게 해야 하는가?'

와르셀 남작은 침중할 수밖에 없었다. 어떻게 할지 갈피를 못 잡고 있었다. 그가 이렇게 갈등을 하는 이유는 바로 현재 국왕에 대한 그의 신뢰가 서서히 금이 가고 있었기 때문이었다.

블랙 맘바의 이인자로 있을 때는 몰랐다. 또는 국왕을 위해 오롯하게 하나의 길을 보았을 때는 몰랐다. 하나, 블랙 맘바를 벗어나고 세상에 나온 후 많은 모습과 다양한 경험을 한 지금에 이르러서는 자신이 가지고 있던 기존의 생각에 금이 가고 있는 것을 느끼고 있었다.

스스로의 느낌과 갈등을 결코 겉으로 드러내지 않는 와르셀 남작인지라 그 누구도 갈등하는 그의 심정을 알아채지 못했지만 그는 지금 극심한 갈증을 느끼고 있었다.

그가 느끼는 국왕은 국왕으로서의 자격이 없었다. 아니, 지금의 상황이 평화로운 세상이었다면 지금의 국왕은 정말 훌륭한 성군이 되었을 가능성이 높았다.

지금의 코린 왕국은 상당히 많은 인재가 모여 있었다. 귀족이든 기사든 혹은 행정을 보는 평민이든 간에 말이다. 화평한 정국이라면 그들이 자신의 포부를 펼쳤을 것이나 지금은 화평한 정국이 아니었다.

귀족파와 국왕파가 갈려져 있었고, 국왕은 자신이 믿는 자를 제외한 이들은 그저 쓰다 버릴 그런 존재로만 생각하고 있었다. 주변의 왕국과 제국은 호시탐탐 코린 왕국을 노리고 있으며, 귀족이든 국왕이든 가리지 않고 검은 마수를 뻗치고 있었다.

하니 능력은 있으나 능력을 펼칠 수 없었고, 가진 바 꿈을 접고 초야 묻히는 이가 부지기수로 넘쳐나고 있었다. 귀족들은 자신만의 배를 채우기 위해 영지민들의 고혈을 쥐어짜고 있었으며, 그에 편승하여 기사들조차 본연의 임무를 망각하고 있는 상황이었다.

한탄스러웠다.

설마 이 정도일 줄은 몰랐다. 귀족들의 힘이 너무 강해 어느 영지를 가든지 국왕이란 존재는 그저 귀족들을 대표하는 역할을 제외하고는 제대로 된 존재감을 발휘할 수 없었다.

현실과 이상의 벽은 너무나도 멀어 한동안 정신을 차릴 수 없을 정도였다. 그러함으로써 와르셀 남작의 심중은 점점 어지러워졌다. 그리고 마침내 지금에 와서는 그 어지러운 심중에서 격렬한 회오리가 치고 있었다.

"군사장! 지금 무슨 생각을 하고 있는 것이오."

"어? 아! 죄송합니다."

혼자만의 생각에 깊이 빠져 있던 와르셀 남작은 자신을 다그치는 목소리에 화들짝 놀라며 정신을 추슬렀다.

"헬카드 산적단의 두목은 붉은 머리와 붉은 수염에 키가 2미터에 이르는 장대한 체구를 가지고 있다 하여 일명 레드 스컬이라 불리는 자입니다. 무력의 수준은 이미 익스퍼트 상급에 이른다 하며 2년 전에 모습을 드러낸 후 헬카드산 주변의 중소 규모 산적들을 복속시켜 현재 5천에 이르는 대규모의 산적단을 이끌고 있습니다."

"레드 스컬이라……. 이름 한번 무섭군."

누군가 입을 열어 헬카드 산적 두목의 이름을 되뇌었다. 붉은 해골. 확실히 이름만 들어도 오금이 저릴 정도인 것은 분명했다. 하나, 그것은 두려움이 아닌 비웃음이었다.

그러한 귀족의 의도를 알아차렸는지 여기저기서 가볍게 피식피식 웃는 모습을 보이는 귀족들이었다. 그로 인하여 조금은 경직되어 있던 회의 분위기가 부드러워졌음은 물론이었다.

하나, 와르셀 남작은 그에 개의치 않고 여전히 딱딱한 표정으로 입을 열어 헬카드 산적단에 대해 설명을 이어갔다.

"헬카드 산적단은 총 세 개의 부대로 나누어져 있는데 경계해야 할 그 첫 번째 부대는 두목인 레드 스컬을 호위하는 호위 부대로, 약 3백 명으로 이루어졌다는 정보입니다. 그 대부분이 익스퍼트에 오른 이들이라 알려져 있습니다."

"그게 무슨……."

"어찌……."

일순 장내는 웅성거림이 시작되었다. 일개 산적단의 두목을 호위하는 호위부대가 익스퍼트에 이른 이들이라니. 그것도 3백이나 된다니 말이다. 그 정도면 웬만한 백작 가문의 기사 전력이지 않은가 말이다.

"아직 끝나지 않았습니다. 경청해 주시기 바랍니다."

와르셀 남작의 경고에 막사에 모인 귀족들과 기사들은 입을 다물었다. 조금 전과는 달리 조금은 긴장한 모습을 보여주고 있었다.

"두 번째는 약 5백으로 이루어진 도끼 돌격 부대입니다."

와르셀 남작의 설명이 이어지자 귀족들과 기사들의 얼굴은 점점 침중해지기 시작했다. 이것은 그저 산적 수준이 아니었다. 그들은 완벽한 전투 부대였다. 와르셀 남작이 말하는 도끼 돌격 부대. 그들은 중갑을 입고 산을 날듯이 뛰어다니는 이들이었다.

레인저라면 경갑을 입기에 충분히 이해가 간다고 하지만 이런 체력 소모가 심한 산중에서 20~30킬로그램이 나가는 중갑을 입고 날듯이 뛰어들어 중앙의 단단한 적을 부서 버리는 도끼 돌격 부대는 상상할 수도 없는 전력이었다.

그리고 그러한 이가 무려 5백이라고 했다. 무려 5백. 기사들과 귀족들의 얼굴이 침중하게 굳어질 수밖에 없었다. 산을 안방 삼아 활동하는 정규군을 상대로 전투를 치른다고 생각하니 끔찍하기 그지없었다.

"마지막으로 불확실한 정보지만 그들에게는 열 명가량의 마법사가 있는 것으로 보고되었습니다. 이상입니다."

"……."

지휘관 막사에는 정적이 감돌았다. 이건 대 영주인 백작 가문의 정규군과 전투를 벌이는 것과 마찬가지였다. 그저 산적을 토벌한 것이 아니었다.

칼라시니코프 남작 역시 곤혹스러운 표정을 짓지 않을 수 없었다. 어떻게 그런 전력이 겨우 산적으로 남을 수 있는지 도저히 이해할 수 없다는 그런 표정이었다.

침묵에 잠겨든 막사를 둘러보는 와르셀 남작은 안타까운 생각이 들었다. 분명 이곳으로 온 남부 토벌대의 무력은 굉장하다고 말할 수 있었다. 하나, 헬카드 산적단에 비해서는 상당한 손색이 있었다.

"흠……. 잠시 회의를 중단하도록 하겠소. 각자 작전을 생각해 본 후 명일 오전에 다시 회의를 속개하도록 하겠소."

그때 칼라시니코프 토벌대 사령관의 말에 귀족들과 기사

들은 정신을 차리고 분분히 일어나 자리를 벗어나고 있었다. 막사를 벗어나는 그들의 안색은 결코 밝지 않았다.

"군사장도 피곤할 터인데 오늘은 쉬시는 것이 좋을 것 같소."

"알겠습니다. 부디 편한 휴식이 되시길."

칼라시니코프 토벌군 사령관의 말에 남아 있던 와르셀 남작이 자리에서 일어나 그 역시 무거운 얼굴로 사령관 막사를 벗어났다. 모두가 나간 거대한 막사에 오직 칼라시니코프 토벌군 사령관만이 남았다.

정적은 지속되었다. 그러는 동안 일렁이는 불빛과 함께 천막의 밝은 면을 통해 일그러진 그림자가 드러나기 시작했다.

오랫동안 고민에 잠겨 있던 칼라리시니코프 토벌군 사령관은 그러한 현상이 일어남에도 불구하고 여전한 모습을 유지했다.

그러다 문득 무슨 생각이 났는지 몸을 움찔하더니 자리에 일어나 그림자기 드리워진 반대 방향으로 신형과 몸을 돌렸다. 그리고 눈을 크게 뜨고 무슨 말을 하려는 듯 입을 벙긋거렸다.

그가 바라보고 있는 곳에는 익히 알고 있는 모습이 앉아 있었다.

"패, 패트리아스 백작 각하."

바로 제논이었다.

"앉지!"

제논의 목소리에 자신도 모르게 다시 자리에 무너지듯이 앉은 칼라시니코프 토벌군 사령관이었다.

"문제가 있다고 들었네."

"그렇… 습니다."

"본작이 해줄 수 있는 것이 있을지도 모르겠군."

제논의 말에 무슨 뜻이냐는 듯 고개를 갸웃하는 칼라시니코프 토벌군 사령관이었다. 도대체 제논의 말을 감을 잡을 수 없었기 때문이었다. 분명 지금의 백작 영지군에는 여유가 없었다.

사실 지난 2년 동안 많은 준비를 하고 폭발적인 성장이라 할 수도 있겠지만 거기까지였다. 훌륭한 귀족들과 훌륭한 기사들, 전폭적인 지원이 있긴 했지만 여전히 부족한 것은 사실이었다.

그런데 대체 무엇을 해준다는 말인가? 지금으로써는 이 병력만으로도 진정 대단한 것임에, 상상도 할 수 없는 군세임에 분명한데 말이다. 물론 더 강력한 병력이나 마법사 혹은 기사를 더 보충해 준다면 정말 좋겠으나 여유가 없었다.

"여유가 없는 것으로 알고 있습니다."

칼라시니코프 사령관은 직설적으로 말했다. 말을 돌릴 필요 없었다. 그저 담백하게 내뱉는 칼라시니코프 사령관이었다. 그는 이미 귀족이라는 자각 혹은 기사라는 자각을 벗어난 지 오래였다.

그의 목적은 귀족으로서 기사로서 복수를 위함이 아니었다. 한 부모의 아들로서, 여러 형제자매의 형이자 오빠로서의 복수를 원했다. 그것은 그 스스로도 알고 있었고, 자신의 눈앞에 앉아 있는 패트리아스 백작도 알고 있었다.

"본작의 여유요."

"……!"

그 한마디에 칼라시니코프 사령관은 무언가 느끼는 것이 있었다. 어떻게 보면 제논 패트리아스 백작은 자신보다 더 혹독한 과거를 가졌을지도 몰랐다.

자신은 겨우 15년이었지만 패트리아스 백작 가문은 무려 30년이었다. 그 긴 세월 동안 도대체 무엇을 어떻게 겪었는지 모르지만 칼라시니코프 사령관은 본능적으로 느낄 수 있었다.

'진심… 이다.'

진심을 느낄 수 있었다. 솔직히 말도 안 되는 소리였다. 자신이 무엇을 어렵게 느끼는지 지금의 상황에서 승리를 하기 위해 필요한 것이 무엇인지 모를 패트리아스 백작이 아니었다.

그는 지금 자신이 힘들어하는 부분, 즉, 헬카드 산적단의 두목을 호위하는 호위대와 도끼 돌격 부대 그리고 마법사를 혼자 감당하겠다고 한 것이었다. 정말, 정말 말도 안 되는 소리였다.

'그런데… 왜 진실로 받아들여지는가?'

칼라시니코프 사령관의 고민은 바로 그것이었다. 코웃음 쳐야 할 것이 분명한데 진실처럼 다가오는 것 때문이었다. 그래서 당황스러웠다. 믿지 못할 말이 진실로 다가오고, 그의 입에서 흘러나온 말이 현실이 될 것 같아서 말이다.

"……이것은 전쟁입니다."

제논은 칼라시니코프 사령관의 말이 무엇인지 알고 있었다. 장난처럼 생각하지 말라는 말이었다.

"사령관이 보기에는 본작이 장난하는 것처럼 보이오?"

"……."

칼라시니코프 사령관은 말을 할 수 없었다. 그 역시 제논의 지금 발언이 장난이 아님을 알고 있었다. 그의 본능은 이미 제논의 말을 있는 그대로 믿고 있었으니 말이다.

"제가… 어찌해야 합니까?"

그는 믿기로 했다. 어차피 승리하지 못하면 죽음뿐이었다. 자신이 그러할진대 패트리아스 백작은 오죽할 것인가? 그 지나온 세월을 앞에 놓고 어찌 빈말을 할 것인가?

그에 수긍한 것이었다. 모든 것을 던지자 마음이 편해졌다. 그리고 방책을 물었다.

"그것은 와르셀 남작과 상의해야지요."

"하나, 그는 갈등하고 있습니다."

칼라시니코프 사령관은 알고 있었다. 와르셀 남작이 지금 지극한 갈등 속에 잠겨 있다는 것을 알고 있었다. 그는 결코 드러내지 않았다고 하나, 칼라시니코프 사령관은 아주 민감하게 반응하고 있었다.

"그조차 품어야 하지 않겠소? 그가 무엇을 두고 갈등하는지 알기에."

"……."

말할 수 없는 충격이 칼라시니코프 사령관에게 다가왔다. 제논은 알고 있었다. 모든 것을 파악하고 있었다. 무심한 듯하지만 자신의 품속에 있는 자는 그것이 계약적이든 의도적이든 간에 주식하고 파악하고 있는 것이었다.

'그는 진정으로 무서운 사람이로구나.'

무서움을 느꼈다. 하지만 그러하면서도 한편으로 다행이라는 생각이 들었다. 하나의 무리를 이끌어 나가는 사람은 결코 우유부단해서는 안 된다. 그리고 언제나 여유 있어야 하고, 홀로 모든 것을 짊어져야만 한다.

알고 있으면서도 모른 척 넘어가야 했고, 세밀하면서도 넓게 보아야 했다. 사람의 마음을 움직여야 했고, 또한 날카로운 비수처럼 단호해야 했다. 그것을 갖춘 리더는 거의 없다 할 수 있다.

모든 것을 갖출 수 없는 것이 인간이기에. 그래서 군사가 필요한 것이고, 기사가 필요한 것이고, 지휘관이 필요한 것이다. 그런데 아주 잠깐이지만 칼라시니코프 사령관은 제논에게서 그 덕목의 하나를 경험할 수 있었다.

그렇게 칼라시니코프 사령관이 생각에 잠겼을 때 제논이 자리에서 일어났다. 그에 칼라시니코프 사령관은 퍼뜩 정신을 차리고 자리에서 일어났다.

"가시렵니까?"

"이곳에 있어야 할 자는 본작이 아니라 사령관이오."

그에 말없이 고개를 끄덕인 칼라시니코프 사령관이었다. 제논의 말속에 믿음이 전해져 왔기 때문이었다. 믿음을 보여준다는 것. 그것은 솔직히 쉽지 않다.

왜냐하면 자신은 패트리아스 백작 영지에서 살아오고 그를 보아온 지 겨우 2년밖에 지나지 않았기 때문이었다. 그런데 자신을 믿어주고 있었다. 그런데 믿음을 보여주니 약간의 생소하고 미묘한 감정이 밀려드는 칼라시니코프 사령관이었다.

그러는 사이 어느새 제논의 모습이 사라졌다. 그 순간 살짝 놀라는 칼라시니코프 사령관이었다. 뻔히 눈을 뜨고 있음에도 불구하고 제논이 사라진 것을 느끼지 못했기 때문이었다.

물론, 자신이 그에게 집중하지 못한 것은 사실이었다. 그리고 다시 본래의 마나와 실력을 되찾은 지 얼마 되지 않았다는 점이 있기는 했다. 하나, 그렇다 하더라도 익스퍼트 상급에 오른 자신의 눈앞에서 기척조차 느끼지 못했다는 것은 충분히 놀랄 만한 일이었다.

'그러고 보니……'

문득 칼라시니코프는 패트리아스 백작이 나타났을 때를 생각했다. 그때는 경황이 없어 생각지 못했는데 지금 와서 정리해 보니 그때도 자신의 이목으로는 전혀 패트리아스 백작의 등장을 알아차리지 못했다는 것을 말이다.

'그… 럴 만한 실력을 가진 자였던가?'

그렇게 생각하자 한결 마음이 가벼워졌다. 그에 칼라시니코프 사령관은 밖을 향해 외쳤다.

"와르셀 남작을 모시도록!"

"명을 받듭니다."

그의 외침에 막사 밖에서 대기하고 있던 기사의 우렁찬 목소리가 들려왔다. 그리고 얼마 안 있어 와르셀 남작이 그의 막사에 모습을 드러내었다.

"부르셨습니까?"

"그렇소."

"어인 일로……."

"각하께서 다녀가셨소."

칼라시니코프 사령관의 말에 약간은 놀라는 표정을 지어 보이던 와르셸 남작은 그럴 수도 있겠다는 표정과 함께 혹시나 하는 얼굴이 되었다. 그러한 와르셸 남작의 표정을 지켜보던 칼라시니코프 사령관은 의아한 표정이 되었다.

"알고 있었소?"

"아니, 몰랐습니다."

"한데 군사장의 표정은……."

알고 있었다는 표정이 아니냐는 물음일 것이다. 어느 정도 말이 된 것이 아니냐 하는 그런 물음이기도 하고 말이다.

"백작 각하께서 움직인다면 아마 명일의 전투가 훨씬 수월해지거나 승리할 수 있을 것입니다."

"그……."

"제가 보아온 백작 각하라면 그러합니다."

"……."

결국 칼라시니코프 백작은 아무런 말도 할 수 없었다. 오래 경험한 와르셸 남작이 그렇다 하니 어쩔 수 없지 않은가?

"하면, 그것을 감안하고 작전을 세울 수 있겠소?"

"물론입니다."

"한데, 어찌 각하와 호응할 수 있겠소?"

"그것은 아마… 명일이 되면 자연적으로 알 수 있을 것 같습니다."

어리둥절했다. 물론, 패트리아스 백작을 만나고 어쩔 수 없음과 확신에 가까운 믿음은 얻었다. 그런데 설마 와르셀 남작마저 이리도 두루뭉술하게 말을 할지 몰랐다.

"어쨌든 백작 각하께서 오셨으니, 백작 각하와 호응할 수 있는 최선의 전략을 계획해야 할 것 같습니다. 하면, 명일 새벽에 뵙겠습니다."

"그, 그러시오."

엉겁결에 대답을 하고 마는 칼라시니코프 남작이었다. 그저 유령에 홀린 듯한 표정을 지을 수밖에 없었다.

'이건 뭐…….'

칼라시니코프 남작이 그렇게 황당하게 생각하고 있을 동안 제논은 이미 영지군의 진영을 벗어나고 있었다. 어두운 야공을 그저 한 마리 비조인 양 거침없이 날아가는 제논이었다.

그렇게 가기를 한참. 드디어 제논의 신형이 허공에 멈춰 섰다. 그리고 그가 바라보는 방향으로 사방을 밝히는 화톳불 수십 개가 마치 하늘에 떠 있는 별처럼 보이고 있었다.

그리고 제논은 잠깐 멈췄던 신형을 서서히 움직였다. 마치 허공에서 걸음을 옮기듯이 말이다. 누가 그 모습을 본다면 입안에 거품을 물고 쓰러졌을 것이다. 언데드 몬스터인 스펙터를 보았다는 헛소리를 하면서 말이다.

"정령소환(Summon Elemetal). 실프(Sylph). 바람의 은신(Hide of Wind)!"

스스슷!

제논의 신형이 허공에서 서서히 사라지기 시작했다. 그의 신형뿐만 아니라 그의 존재감 역시 사라졌다. 마치 모든 것이 어둠 속에 스며들듯이 말이다.

아주 촌각의 시간에 제논이 있던 공간에는 아무것도 남지 않았다. 그저 검은 어둠만이 존재하고 있었다. 그것을 아는지 모르는지 산중 공간은 적막 속에 긴장감이 감돌고 있었다.

그때 지상의 약간은 호화로운 막사의 출입구를 열고 나오는 이가 있었다. 회색의 까슬까슬한 후드가 달린 로브를 입은 이였다. 그저 보기에도 마법사라는 것을 여실히 보여주는 그런 모습이었다.

그는 날카로운 눈으로 제논이 방금 존재감과 자취를 지운 허공을 바라보았다. 그의 귓가로 약간은 날카로운 음성이 들려왔다.

"무슨 일이오."

"아, 아니오. 미약한 마나의 파동을 느껴 주변을 살폈을 뿐이오."

"그렇소? 나는 전혀 느끼지 못했거늘."

여전히 날카로운 음성이 경계하듯이 허공을 예의 주시하고 있는 마법사에게 말을 했다.

"아, 알지 않소. 내가 속한 학파가 마나에 조금은 민감한 학파라는 것을 말이오. 전투가 있기 전날이라 신경이 예민해서 조금 민감했나 보오."

"아! 그렇소. 여튼 편히 쉬시오. 나도 이만 돌아가 보겠소."

그렇게 말을 한 날카로운 음성의 사내는 이내 몸을 돌려 자신의 막사로 걸음을 옮겼다. 잠깐 그자를 바라보던 마법사는 이내 다시 허공을 유심히 살피더니 고개를 갸웃거렸다.

무언가 미심쩍은 얼굴이었다.

"내가… 잘못 느낀 것인가? 그럴 리 없을진데."

그러나 마법사는 곧 고개를 좌우로 흔들어 털어내듯 하더니 몸을 돌려세웠다. 그 순간 그의 목을 스치고 지나가는 무엇인가가 있었다.

따끔!

그에 마법사는 자연스럽게 손으로 자신의 목을 쓸었다. 조금 후 그의 손에 느껴지는 축축한 무엇.

'뭐지?'

손을 떼고 손에 묻은 축축한 무엇을 확인하는 그 순간 마법
사의 눈이 찢어질 듯 부릅떠졌다. 그리고 무엇인가 말을 하려
는 듯이 입을 벌렸으나 결국 아무런 소리도 내지 못하고 그대
로 뒤로 넘어갔다.

'정령소환(Summon Elemetal). 노움(Gnome). 부패
(Decomposition)!'

스스슷!

마치 벌레가 땅을 기어가는 것 같은 미약한 소리가 들려오
며, 뒤로 넘어간 마법사의 시신이 점점 사라지기 시작했다.
마치 원래 없었던 것처럼 말이다. 그리고 종내에는 그저 누군
가가 버리고 간 듯한 로브만이 덩그러니 남아 있었다.

"하나!"

아주 나직한 읊조림이 울렸다. 그 소리는 누구도 들을 수
없었다. 그저 여전한 어둠의 적막만이 있을 뿐. 공허한 음성
만이 허공에서 흩어지고 목소리의 주인공은 다시 어둠 속으
로 사라지고 없었다.

그 시각 동료 마법사와 헤어지고 자신의 막사로 돌아가는
날카로운 음성의 마법사. 그는 불현듯 이질적인 무언가가 느
껴짐에 잠시 걸음을 멈추고 적막한 산중을 둘러보았다.

사방에는 화톳불이 일렁거리면서 기괴한 그림자와 괴괴한
적막에 갇혀 있었다. 진중에 들려오는 소리라고는 어느 곳인

지 모를 코고는 소리와 잘 훈련된 경비병들의 순찰 도는 소리
뿐이었다.

날카로운 음성의 마법사는 아무것도 발견해 낼 수 없었다.
그러함에도 자신을 엄습해 오는 오싹한 추위는 대체 뭐란 말
인가? 그에 마법사는 크게 숨을 들이쉬었다 다시 내뱉었다.

"후우웁! 후우우!"

툭툭!

그때 그의 어깨를 누군가가 툭툭 두드렸다. 손바닥 전체가
아닌 그저 손가락을 가볍게 두드리는 것이었다. 마법사는 아
무렇지도 않게 무방비 상태로 뒤로 돌았다.

"흐허억!"

마법사는 정신이 아득해지는 외마디를 내질렀다. 마치 거
칠게 숨을 들이쉬는 듯한 그런 종류의 것이었다. 입이 떡 벌
어진 그는 그 짧은 순간 가슴을 뒤로 빼며 무언가를 피하는
듯한 그런 모습을 했다.

눈을 깜빡거렸다. 선명하게 보이던 사물이 갑자기 흐릿해
지기 시작했다. 전신을 빠르게 돌고 있던 핏물이 외부로 급격
하게 빨려 나가는 듯한 느낌과 함께 극심한 현기증이 느껴졌
다.

그리고 입을 다물지 못하고 급격하게 빨리 깜빡여지는 눈
으로 자신의 가슴을 바라보는 마법사였다. 무언가 길고 날카

로운 것이 자신이 가슴을 관통해 있었다.

'창······?'

창두는 보이지 않았다. 기형적으로 긴 창두거늘 가슴을 완전히 관통하여 등 뒤까지 뚫고 나와 있었다. 그가 볼 수 있는 것은 붉은색 수실로 나풀거리는 창영(槍纓)이었다.

그리고 그 창영의 수많은 수실에는 한 줄기 검붉은 피가 흘러내리기 시작했다. 희한했다. 이 깊고 어두운 밤에 창영의 수실과 검붉은 핏물이 정확하게 구분되는 것이 말이다.

순간 마법사는 아찔해지는 것을 느낄 수 있었다. 고통도 아픔도 모두 한순간에 잊혀지는 것이 느껴졌다. 그리고 그것이 마법사가 이 세상에서 볼 수 있는 마지막 장면이었다.

스르르릇!

마법사의 심장을 관통한 창이 뽑혀져 나왔다. 그에 잔뜩 굽혀져 있던 신형이 앞으로 스르르 떨어져 내렸다. 그와 동시에 방금 전 죽은 마법사와 똑같은 현상이 일어났다.

한 줄기 산중의 바람이 불어와 사라져 가는 마법사의 육신을 더욱더 빠르게 사라지도록 가속화시켰고, 마침내 땅에 떨어져 내린 것은 마법사이 로브뿐이었다.

"둘!"

순식간에 두 명의 마법사를 제거한 제논의 신형은 결코 한 곳에 머물러 있지 않았다. 마치 이곳 지형을 너무나도 잘 알고 있는 양 아무런 거리낌 없이 움직여 나갔다.

"네… 놈……."

"……."

짧게 잡은 제논의 창. 마지막 마법사의 심장을 관통한 창
영을 따라 진득한 핏물이 흘러내리고 있었다. 마법사는 제논
을 똑바로 직시하면서 무언가 말을 하려 했으나 그의 입은
그저 달싹일 뿐 말이 되어 밖으로 흘러나오지는 않았다.

그 순간이었다. 제논의 감각에 잡히는 인물들이 있었다.
바로 지금 죽은 마법사의 막사 밖에서 들려오는 소리였다.

"헤스카 님 계십니까?"

"……."

산적들이건만 여실하게 기사의 모습을 한 자과 병사의 모
습을 한 자 둘이었다. 이 늦은 밤, 무슨 일인지 제논이 죽인
마지막 마법사의 막사를 찾은 것이었다.

"헤스카 님, 레드 스컬 헌트리스 사령관 각하께서 긴급한
호출입니다."

"……."

역시 말이 없었다. 그에 약간은 이상함을 느낀 기사는 병사
들에게 눈짓을 보냈다. 이들은 근 2년 동안 이 헬카드산에서
수많은 몬스터와 상단을 상대로 약탈을 자행한 자였다.

그러하기에 조금만 이상한 상황이 되어도 위기 의식을 자

극하게 되었고, 지금과 같은 경우 역시 무언가 심상찮은 분위기에 의구심을 가지며 잔뜩 경계하는 모습을 보였다.

두 명의 병사가 창을 내려 지향 자세를 취했고, 기사는 검병을 가볍게 잡으며 다시 막사 안을 향해 외쳤다.

"말이 없으시니 들어가겠습니다."

저벅.

저벅저벅.

기사가 움직이고 병사들이 움직였다. 기사는 조심스럽게 막사의 입구를 열었다. 그리고 걸음을 옮기며 막사 내부를 샅샅이 훑기 시작했다. 그의 눈에 잡힌 것은 덩그러니 놓여 있는 마법사의 로브였다.

기사는 앞으로 걸어가 바닥에 널브러져 있는 로브를 들어올렸다. 그리고 손으로 만져보고 코로 가져가 냄새를 맡았다. 확 다가오는 짙은 피내음.

"침입자다!"

그 순간 병사는 재빠르게 품속에서 길쭉한 무엇을 꺼내더니 있는 힘껏 불어제쳤다.

"삐이이익! 삐이이익! 삐! 삐!"

길게 두 번 짧게 두 번.

그러한 신호를 세 번 반복하자 적막하기만 하던 산적단의 산채에 거칠고 날카로운 소리가 울려 퍼졌다.

"따다다다당! 따다다다당!"

급박하게 울리는 경고음.

"침입자다!"

"경계! 경계하라!"

"기사앙! 기사앙!"

갑자기 부산스러워지는 산적단의 산채였다. 하지만 갑작스러운 경고음에도 불구하고 산적들의 움직임은 무척이나 신속했다. 마치 아주 잘 정련된 정규병이나 기사들처럼 말이다.

그리고 그것을 대변이라도 하듯이 풀 플레이트 메일을 걸친 기사들과 경장갑을 입은 병사들, 그리고 등 뒤에 거대한 도끼를 매단 중장갑병들이 순식간에 정렬하면서 어둑했던 산채가 대낮처럼 밝아졌다.

"무슨 일인가?"

낮에 패트리아스 영지군이 진형을 펼치는 것을 보며 진득한 미소를 베어 물었던 이가 입을 열었다. 그는 완벽하게 무장을 갖춘 상태에서 모습을 드러냈다.

그때 가장 먼저 마법사의 피 냄새가 베인 로브를 집어 들었던 기사가 말없이 그 로브를 레드 스컬에게 건넸다. 그것을 받아 든 레드 스컬의 눈동자가 미미하게 흔들렸다.

만져 보았다. 아무런 느낌이 없었다. 그때 그의 코끝을 간질이는 미약한 비릿한 향. 레드 스컬은 로브를 자신의 코앞으로 가져가 냄새를 맡아보았다.

"다른 마법사들은?"

레드 스컬의 말에 기사는 아홉 개의 로브를 그의 발치 아래 두었다. 물끄러미 그것을 바라보던 레드 스컬은 발로 아홉 개의 로브를 툭툭 건드려 보았다.

"막사를 지키던 경계병들은?"

"죽었습니다."

"시체는?"

"찾을 수 없었습니다."

기사의 말에 붉은 눈썹을 꿈틀거리는 레드 스컬이었다.

"찾을 수 없다?"

"그렇습니다."

"무구와 방어구, 그리고 로브만 남았다는 것인가?"

"……."

다시 되묻는 레드 스컬의 말에 말이 없는 기사였다. 하지만 레드 스컬은 별로 신경 쓰지 않는 것 같았다. 대답을 바라고 묻는 것이 아니었기 때문이었다.

"흔적은?"

"아직……."

"아직?"

"죄송합니다."

레드 스컬의 으르렁거림에 고개를 푹 숙이며 몸을 움츠리는 기사였다.

"이봐! 질리언!"

레드 스컬의 부름에 2미터는 족히 넘어가 보이는 근육 덩어리의 기사가 앞으로 모습을 드러냈다. 등 뒤에는 거대한 배틀 엑스가 X 자로 교차되어 매달려 있었다.

"부르셨습니까?"

"수색해!"

"명!"

묻고 답하는 것은 없었다. 지극히 단순한 명이 내려졌고, 단답형의 대답만이 있을 뿐이었다. 그에 레드 스컬의 옆에 있던 호리호리한 모습의 사내가 입을 열었다.

"과한 조치가 아닐까 합니다."

그에 레드 스컬의 시선의 호리호리한 사내에게로 향했다. 그리고는 이죽이듯이 입을 열었다.

"오~ 베르사체 쥬빌레 자작!"

자작이었다. 중도파에서 불과 3년 전 국왕파로 돌아선 문관 귀족으로서 상당히 명석한 두뇌를 가진 자였다. 하지만 그가 밀고 있는 선은 국왕파 중에서도 재무대신 쪽.

그리고 현재 헬카드산 산적단의 단장을 맡고 있는 자는 국왕파 중 군무대신을 밀고 있는 자. 그러하니 둘은 서로 첨예하게 대립할 수밖에 없었다. 그동안은 어찌어찌 잘 지내왔다고 하나, 지금에 와서는 내부적으로 갈라져 있던 그 틈이 도드라져 있어 사사건건 의견이 충돌하고 있는 판국이었다.

"어찌 과하다 생각하는가?"

"그들이 얼마나 되는지 어찌 알고 이 진채 전부를 움직이는 것입니까? 거기다 내일 전투가 있을 것이거늘 이렇게 비상을 걸어 병사들과 기사들을 피곤하게 한다면 어찌 승리를 장담할 수 있겠소?"

확실히 맞는 말이기는 했다. 하나 중요한 것은 그것이 아니었다. 그에 레드 스컬은 코웃음을 치며 되물었다.

"쥬빌레 자작. 그대는 아군의 경비 체계를 단독으로 뚫을 수 있소?"

"그야……."

기실 산채의 경비 체계를 뚫기에는 그리 쉽지 않았다. 단독으로는 어림도 없는 말이었다. 일단은 마법사들이 그물처럼 설치해 놓은 알람 마법을 해제하는 것이 먼저였다.

그리고 진영 주변에 설치된 사냥 트랩과 마법 트랩까지 통과하여야 했다. 설사 침투했다 하더라도 촘촘하게 연결된 경비병들과의 간격과 순찰 병력의 수는 그리 간단할 수 없었다.

그런데 마치 저잣거리 돌아다니듯 활보하면서 귀중한 전력인 열 명의 마법사와, 그 마법사의 막사를 경비하던 경비병을 모두 제거할 때까지 전혀 알지 못했다는 것은 있을 수 없는 일이었다.

이것은 절대 단독으로 할 수 있는 작전이 아니었다. 결국 침투한 자는 다수라는 말이었고, 그 가진 바 실력 또한 만만치 않다는 것을 의미했다. 그에 쥬빌레 자작은 입을 닫을 수밖에 없었다.

Chapter 06

"계획을 감수했겠으나 결코 소수도 아닐뿐더러 가진 바 실력이 대단하다는 것이오. 한데, 그들을 일반 병사가 감당할 수 있을 것 같소? 또한 그들을 발각했다 하더라도 잡을 수 있을 것이라 생각하오?"

　"……"

　말을 할 수 없었다. 반박하고 싶기는 하지만 작전 계획을 감수하고 치밀하게 준비한 것도 자신들의 몫이었으니 어떠한 변명거리나 혹은 걸고 넘어갈 것이 없었던 것이다.

　"끄응. 부디 빨리 그들을 제거하시길……."

물러설 수밖에 없었다. 쥬빌레 자작은 안색을 굳히며 물러났고, 그를 따르는 귀족들 역시 물러났다. 그러한 그들을 바라보다 눈을 내리깔며 비열하게 웃는 레드 스컬이었다.

"부관!"

"명!"

"경계를 강화하고, 교대로 휴식을 취하도록 한다."

"명!"

레드 스컬의 명에 곁에 서 있던 자는 절도 있는 동작을 하며 물러났다. 갑자기 발령된 비상에 긴장을 했지만 일단 산채의 가장 강력한 전력 중 하나인 도끼 돌격 부대가 나서니 휴식과 경계가 동시에 이루어질 수 있었다.

그렇다고 경계가 완전히 풀린 것은 아니었다. 날이 밝는 대로 있을 전투를 대비해서는 충분한 휴식을 취해줄 필요가 있었기 때문이었다. 문관 귀족들이 말하지 않아도 기사 출신 레드 스컬은 그것을 충분히 알고 있었다.

그가 지금까지 이 산채를 무리 없이 이끌어왔던 것은 역시 그러한 적절한 판단 때문이기도 했다. 선이 다르다고 해서 일을 그르칠 정도로 앞뒤 분간 못하는 그런 자는 아니었다.

명령을 내린 레드 스컬은 막사 안으로 들어가지 않았다. 그는 지금 산채의 상황을 예리하게 살피고 있었다. 도끼 돌격 부대만으로 충분할 것이라고 생각하기는 하지만 그래도 가슴

한켠에 찾아드는 불안감이 진영 내를 예의 주시하게 만든 것이었다.

"잔!"

"명을!"

"부부대장 댄 프라이스 외 1백을 투입한다."

"명!"

또다시 호위대 1백 명이 움직였다. 그에 몇몇 귀족과 기사들은 눈살을 살풋 찌푸렸다. 너무 과한 조치인 것 같아서였다. 하지만 레드 스컬은 그러한 것에 전혀 개의치 않고 자신의 직감대로 움직이고 있었다.

그러한 진내의 상황을 제논은 멀리서 지켜보고 있었다. 제논의 실력이라면 마법사의 로브나 경비병들의 방어구, 무구까지 모두 숨길 수 있었으나 그는 그러하지 않았다.

그 연유는 바로 이것에 있었다. 모두 깨어 있게 만들 심산이었다. 그 누구도 오늘은 잘 수 없을 것이다. 그리고 많은 피가 흐를 것이다. 제논은 그러한 그들의 움직임에 서늘한 웃음을 지었다.

그 웃음과 함께 다시 제논의 신형이 사라졌다. 아니, 사라지지 않았다. 원래 그는 없었으니까. 원래 그는 어둠 속에 있었으니 나타날 것도 없었으며, 사라질 것도 없었다.

제논이 움직이는 그 시각.

도끼 돌격 부대는 각 2인 1조로 구성되어 산채를 중심으로 원형으로 돌며 점점 수색 범위를 늘리고 있었다. 밤이라고는 하지만 마나를 다룰 줄 아는 그들에게 있어 이러한 어둠쯤은 아무런 방해가 되지 않았다.

그리고 무거운 중갑이라 할지라도 지난 몇 년 동안 혹독한 훈련을 하고, 헬카드산을 마치 마실 다니듯 다닌지라 무게감조차 느끼지 못하고 있었다.

하지만 그들은 지극히 조심스럽게 움직이고 있었다. 마치 당연히 그러해야 한다는 듯이 말이다.

부스럭.

그때 한 개 조의 앞에서 들려오는 부스럭거림. 아주 미약한 부스럭거림이었지만 수색을 하는 이들에게 있어서는 천둥처럼 들려오는 소음이었다. 그에 두 명의 중갑 수색조는 그 자리에 그대로 선 채 움직이지 않았다.

무서워서, 공포에 질려서가 아니라 혹시라도 모를 만일을 대비하기 위함이었다. 그리고 그 즉시 다른 수색조에게 알린 후 두 명은 서서히 움직이기 시작했다.

그들의 시선은 미약한 부스럭거림이 있던 지점을 향하고 있었음에도 불구하고 걸음을 옮김에 있어 전혀 주저함이 없었고, 걸리는 것 혹은 한 자락 사소한 소음조차 없었다.

그에 또 다른 한 조가 그들의 감각에 걸렸다. 그들의 신호에 반응한 수색조였다. 그들은 부스럭거림이 들렸던 장소의 앞과 뒤를 에워싼 후 움직였다. 하지만 그들은 모르고 있었다. 그들이 사냥을 하는 것이 아니라 사냥 당하고 있음을 말이다.

쉬이이잇!

아주 미약하면서도 귀를 자극하는 날카로운 소리가 네 명에게 들려왔다. 그 순간 포위망을 좁혀들던 네 명은 몸을 움직일 수 없었다. 본능적으로 자신들이 사냥 당하고 있음을 느낀 것이다.

잠깐의 멈칫거림이 있었으나 이내 몸을 완전히 돌린 그들은 배후를 점하고 자신들을 사냥하는 이를 찾았다.

네 명 중 세 명은 움직였다. 하나, 한 명은 움직임이 없었다. 정적이 흘렀다. 몸을 돌려 세운 세 명의 추적 조는 움직임을 멈추었다. 그리고 긴장감이 역력한 얼굴로 전면을 바라보았다.

투둑!

얼마의 시간이 지났을까? 긴장한 얼굴의 턱을 타고 굵은 땀방울이 흘러내렸다. 그들 중 한 명은 입이 마르는지 혀로 입술을 핥았다. 이마에서는 또다시 굵은 땀방울이 흘러내려 눈썹에 맺혔다.

하나 사내는 그 땀방울을 닦을 생각조차 못하고 있었다. 땀방울을 닦는 그 순간 자신의 목이 꿰뚫릴 것 같은 극도의 불안감과 긴장감 때문이었다.

"꿀꺽!"

있을 수 없는 일이었다. 도끼 돌격 부대가 긴장을 하다니 말이다. 그런 생각을 하는 순간 땀방울이 눈 속으로 흘러 들어갔다. 아주 잠깐 극히 짧은 순간 사내는 눈을 깜빡였다.

감았던 눈을 떴다. 눈이 따끔거렸다. 그런데 갑자기 전신에 힘이 쭈욱 빠졌다. 무언가 빠져나가는 듯한 그런 느낌.

'왜?'

그가 느낀 마지막 의문이었다. 언제 어떻게 당했는지조차 모르겠다. 의혹이 가득한 눈을 한 사내는 비명조차 지르지 못하고 서서히 뒤로 넘어가고 있었다.

풀썩!

놀란 사내가 초점 없는 죽은 눈이 되어 검은 허공을 바라보고 있을 때, 사내의 미간은 비로소 한 줄기의 검붉은 핏물을 게워내고 있었다. 두 명이 남았다.

그들은 조용히 뒷걸음질 쳤다. 날카로운 신호음을 보냈음에도 겨우 한 개 조만이 자신들을 응원했고, 어떤 조원도 다가오지 않았다. 그리고 자신들을 원조한 이들은 이미 싸늘한 시체가 되어 있었다.

언제 어떻게 죽었는지 알 수 없었다. 다만, 지극히 조용한 작금의 상황 속에서 자신들은 사냥당하고 있으며, 사냥꾼은 여전히 자신들의 목을 노리고 있다는 것이었다.

툭!

둘의 등이 맞닿았다. 그에 잠깐 움찔하는 둘의 신형이었다. 그리고 서서히 한 명의 입이 점점 벌어지기 시작했다. 아주 서서히. 사내의 입이 완전하게 다 벌어졌을 때 하나의 창이 심장을 빠져 나오고 있었다.

창 하나로 두 명의 목숨을 앗아간 것이었다.

부들.

대지에 몸을 누인 사내 한 명이 몸을 떨었다. 그의 눈가와 입가는 바르르 떨리고 있었다. 그리고 죽어가는 그의 눈동자에 한 명의 인영이 잡혔다. 어두운 밤임에도 불구하고 선명하게 보이는 백발과 가을 하늘처럼 깊고 푸른 눈동자의 사내.

"스물넷!"

그리고 그는 나직하게 숫자를 셌다.

'벌써……'

그 생각과 함께 대지에 몸을 누인 사내는 아무런 미동도 없었다.

"지옥에 온 것을 환영한다."

무덤덤하게 널브러진 네 구의 시체를 바라보던 제논은 지극히 무심한 시선을 야곡에 두며 시린 미소를 머금었다. 그리고 소리 없이 어둠 속으로 몸을 숨겼다.

아니, 숨기는 것이 아니라 녹아들었다고 해도 과언이 아니었다. 보고서도 믿지 못할 그런 장면임에는 분명했으나, 불행이도 그러한 제논이 모습을 보아줄 사람은 아무도 없었다.

그렇게 제논이 피의 축제를 벌이고 있을 즈음. 산적단의 산채 막사에서는 아주 은밀한 의논의 오가고 있었다.

"이건 너무한 것 아니오?"

"어쩔 수 없지 않겠소? 지금은 전투 중이니 말이오."

"하나, 아무리 그렇다 하더라도 이건 아니오. 어찌 빈대를 잡으려고 산을 태운단 말이오."

이들은 산적단을 구성하고 있는 두 개의 조직 중 바로 재무 대신을 밀고 있는 문관 귀족 일원이었다. 지금 그들은 산채에서 상당히 불리한 입장에 처해 있었다.

그것도 그럴 것이 산채의 주요 전력 중 하나였던 마법 전력이 완전히 제거됨에 따라서 위축될 수밖에 없었던 것이다. 열 명의 마법 전력은 바로 재무 대신을 밀고 있는 이들이었으니까.

결론적으로 군무 대신 쪽과 연결된 현 산채의 단장인 레드 스컬의 행동에 제재를 가할 수 있는 전력이 전무하다는 것이었다. 만약 마법사가 한 명이라도 살아 있었다면 레드 스컬이 그리도 오만방자하게 나오지는 않았을 것이다.

살아 있는 것 자체만으로도 마법 전력은 대단히 유용하니까 말이다. 상급 기사 스무 명이 감당해야 할 것을 혼자 감당할 정도로 대단한 무력을 가진 것은 분명했다.

하지만 지금은 모두 죽고 아무도 없었다. 남은 자는 오직 문관 귀족들뿐이라 할 수 있었다. 평소에도 문관 귀족에 대해 별로 탐탁지 않아 했던 레드 스컬이었던지라 마법사라는 존재가 사라지자 아주 노골적으로 문관 귀족들을 경멸하고 나선 것이었다.

그에 문관 귀족들은 지금 그러한 레드 스컬의 태도에 대하여 강력하게 성토하고 있는 것이었다. 하나 그 중심에 선 쥬빌레 자작은 무엇이 그리도 못마땅한 잔뜩 인상을 찌푸리고 있었다.

"답답하오. 어디 말 좀 해보십시오."

누군가가 쥬빌레 자작의 의견을 물었다. 그에 한창 기사 출신 귀족을 성토하던 귀족들의 눈이 쥬빌레 자작에게로 향했다. 무언가 자신들의 의견을 대변하기를 바라는, 혹은 시원하게 대책을 말해보라는 듯한 기대를 담고서 말이다.

"지금 당장으로서는… 어쩔 수 없음이오."

"허어~"

"쯧!"

바람 빠지는 소리와 혀를 차는 소리가 여기저기에서 들려
왔다. 사실 그들도 알고 있었다. 지금 당장 그들이 할 수 있는
조치는 없다는 것을 말이다. 그럼에도 답답한 마음에 쥬빌레
자작의 의견을 재촉한 것뿐이었다.

그때 막사 밖에서 누군가의 음성이 들려왔다.

"쥬빌레 자작 계십니까?"

그에 한참 자신만의 생각에 잠겨 있던 쥬빌레 자작이 눈썹
을 살짝 움직이며 막사의 출입구 쪽을 바라보았다. 의외의 인
물이 막사의 출입구를 열며 들어서고 있었다.

"단장께서 찾으십니다."

"본작을 말인가?"

"그렇습니다."

답을 하는 자의 얼굴을 유심히 살피는 쥬빌레 자작이었다.
전언을 전하려 들어온 기사의 얼굴이 그리 밝지 못했다. 상황
이 안 좋게 흘러가고 있음을 대변한 것일 게다.

"상황이 안 좋은가 보구려."

"저는… 잘 모릅니다."

"끄음."

얼굴을 굳히며 말하는 기사의 말에 앉은 의자를 힘들게 박
차고 일어나는 쥬빌레 자작이었다. 어쨌든 가야만 했다. 솔직
히 레드 스컬이 자신의 의견을 구할 정도면 상황이 대단히 안

좋다고 할 수밖에 없었다.

"가지!"

"모시겠습니다."

일어선 쥬빌레 자작의 우측 반걸음 뒤에 서는 기사였다. 그에 고개를 끄덕인 쥬빌레 자작이 막사를 나섰다. 막사를 벗어나 얼마 가지 않아 쥬빌레 자작은 대낮처럼 환하게 밝혀진 진의 중앙에 야전 탁자를 놓고 심각한 표정으로 앉아 있는 레드 스컬을 볼 수 있었다.

그에 말없이 레드 스컬의 맞은편 자리에 앉은 쥬빌레 자작이었다. 깊은 생각에 잠겨 있던 레드 스컬은 인기척이 느껴지자 그제야 쥬빌레 자작이 온 것을 보고는 조금 전과는 다른 표정으로 그를 맞이했다.

"조금 전은 미안했소."

"상황이 안 좋은 모양이로군요."

"뭐… 그렇…… 소."

쥬빌레 자작의 말에 상당히 자존심이 상한다는 표정으로 인정하는 레드 스컬이었다. 붉은 머리에 붉은 수염을 지닌 자. 하지만 그의 피는 북부의 만년설처럼 차갑기 그지없다는 레드 스컬.

전투에 있어 물러섬이 없고, 전장에서만큼은 문관 귀족보다 더 전략전술에 능한 자. 그러한 자가 지금 쥬빌레 자작을 청한 것이었다. 그것도 상당히 자존심을 굽히면서 말이다.

그에 조금은 기분이 좋아진 쥬빌레 자작이었다. 어찌 되었건 지금 이 순간에는 그가 문관 귀족의 필요성을 절감하고 있다는 것을 의미하니까 말이다. 그리고 재무 대신의 힘이 약간은 강해졌다는 것도 의미했다.

"도끼 돌격 부대 절반이 당했소."

그때 들려오는 레드 스컬의 말에 쥬빌레 자작은 눈을 크게 뜰 수밖에 없었다. 물론, 자신이 군무 대신을 따르는 이들과 반대편에 서 있기는 했다. 하지만 도끼 돌격 부대의 전력에 대해서는 추호의 의심을 가지지 않고 있었다.

도끼 돌격 부대는 중갑을 입고 험한 산악 지형을 평지 달리듯 달려 전투를 하는 잘이니까. 그들의 실력을 여느 귀족가의 기사들과 같이 본다면 그들이 상당히 서운할 것이라는 것도 말이다.

그런데 그러한 전력을 진 도끼 돌격 부대의 절반이 당했다. 절반이라면 무려 250명에 이른다.

'말도 안 되는……'

소리라고 할 수 있었다. 대체 얼마나 대단한 실력자가 얼마나 많이 투입되었기에 그 무서운 도끼 돌격 부대의 절반을 제거할 수 있다는 말인가? 하지만 아직 놀랄 일은 더 남아 있었다.

"조사해 본 결과 한 명의 수법으로 잠정적인 결론을 내렸소."

"……."

너무 놀라 할 말을 잃어버린 쥬빌레 자작이었다.

'그 짧은 시간에?'

지극히 짧은 시간. 겨우 한 시간도 지나지 않은 그 짧은 시간에 한 명이 250명의 도끼 돌격 부대를 제거했다? 말도 안되는 소리였다. 쥬빌레 자작은 벌린 입을 다물지 못한 채 레드 스컬을 바라보았다.

'사, 사실이란 말인가?'

꿀꺽!

마른침을 삼킬 수밖에 없었다. 순간적으로 수많은 전략적 지식을 담고 있던 쥬빌레 자작의 머리는 텅 빈 것처럼 아무것도 생각할 수 없었다.

"문제는 그 한 명의 종적을 찾을 수 없다는 것이오."

"……흐… 흩어져 있습니까?"

끄덕.

흩어져 있느냐는 질문에 레드 스컬은 고개를 끄덕였다. 빌레 자작의 뇌는 불이 붙듯 뜨거워지고 무지막지하게 회전하기 시작했다. '왜?'라는 단 하나의 궁금증을 풀기 위해서였다.

자신에게 질문 하나를 하고 질끈 눈을 감은 채 아무런 말도 하지 않고 있는 쥬빌레 자작의 모습에 레드 스컬은 그저 그를 바라볼 뿐이었다.

지금 이 순간 쥬빌레 자작의 머리가 팽팽 돌아가고 있다는 것을 아는 까닭이었다. 비록 반대편에 선 자이지만 머리만큼은 인정해 줄 만한 자이기 때문이었다.

"모아야 합니다."

"이유는?"

긴 침묵 끝에 쥬빌레 자작의 입이 열렸고, 그에 왜 그래야 하는지를 묻는 레드 스컬이었다.

"지금까지 본 결과 상대는 분산된 우리를 하나씩 처리하고 있습니다. 또한, 상대의 전력이 대체 어느 정도인지 감조차 잡을 수 없습니다. 솔직히 이는 도끼 돌격 부대의 실력을 소작이 잘 알기에 드리는 말씀입니다."

"으음……"

쥬빌레 자작의 말에 침음성을 삼키는 레드 스컬이었다. 쥬빌레 자작이 지금 무슨 말을 하는 것인지 파악이 되었다. 적은 아군을 분산시키고 하나씩 제거하고 있었다.

그것도 아주 무서운 속도로 말이다. 그것은 숨은 적의 실력이 그야말로 무지막지하다는 것을 의미했다. 그런데 흩어져 있다면 오히려 더욱더 적에게 틈을 보여주는 것이었다.

이해했다. 그런데 이놈의 자존심이 문제였다. 자신이 한 번 내린 명령을 다시 번복하려니 그것이 문제였다. 그것도 자신의 생각으로 명령을 번복하는 것이 아닌, 자신과 척을 지고 있는 이의 조언을 들어서 번복하려니 망설여지는 것이었다.

"망설일 시간이 없습니다. 지금 이 순간에도 도끼 돌격 부대는 죽음을 당하고 있습니다."

"크음."

재촉을 받은 레드 스컬이 슬쩍 쥬빌레 자작을 바라보더니 이내 뒤를 보며 명을 내렸다.

"복귀 신호를 보내도록!"

"명!"

명령은 즉각 실행되었다. 무언가 귀를 자극하는 날카로운 소리가 산중의 적막함을 일깨우며 사방으로 퍼져 나갔다. 적막한 가운데 소란스러웠던 헬카드산이 더욱더 괴괴한 적막감에 잠겨들었다.

그 날카로운 소리는 산채를 중심으로 사방을 수색하고 있던 도끼 돌격 부대와 1백의 호위 부대에게 바로 전해졌다. 소리를 듣는 순간 그들의 표정에는 분함이 가득 채워졌다.

종적조차 보지 못했다. 옷자락이라도 한 번 건드려 보았으면 이리도 분하지 않았을 것이다. 한데, 상대의 옷 한 자락, 머리카락 한 올도 보지 못했다.

그리고 자신들의 동료 절반이 죽어갔다. 도저히 있을 수 없는 현실에 불같은 복수심이 그들의 가슴 깊숙이 채워지고 있었다. 하지만 군에 있어 명령은 곧 죽음으로써 이루어져야 할 것.

그들은 어쩔 수 없이 물러나기 시작했다. 하나, 모든 작전은 진격이나 앞으로 나아갈 때보다는 뒤로 물러날 때 혹은 후퇴할 때가 더 중요하고 힘든 법이다.

지극히 조심스럽게 움직이는 그들의 귓가를 자극하는 또 다른 소리가 있었으니 살아남은 전원의 귀에 아주 또렷하게 들려왔다. 그에 호위대를 비롯한 도끼 돌격 부대 전원이 서로를 바라보았다.

그들은 갈등하고 있었다.

분명 적이었다. 확신할 수 있었다. 적을 놓고 명을 따르느냐, 명을 어기고 동료의 원수를 갚아야 하느냐로 말이다. 모두의 시선이 도끼 돌격 부대의 부대장인 질리언과 호위대의 백인대장 카로스를 향했다.

순간 질리언과 카로스의 시선이 부딪혔다. 그리고 둘은 고개를 끄덕였다. 그와 함께 카로스는 자신의 뒤를 따르는 1백의 호위대와 함께 지극히 신속하게 어둠 속으로 사라져 갔다.

그에 질리언은 오른손을 들어 올려 주먹을 쥐었다. 그리고 다시 활짝 펼쳤다. 그에 살아남은 250의 도끼 돌격 부대는 좌우 3미터 앞뒤 2미터의 간격으로 길게 횡으로 늘어섰다.

모든 준비가 완료되자 질리언은 다시 손을 들어 올리고 검지를 들고 빙빙 돌렸다. 그에 본채에서 들려오던 날카로운 소리와 비슷한 소음이 사방으로 울려 퍼졌다.

그리고 전진했다. 완벽하게 에워쌌다. 적은 그들은 눈앞에 있었다. 그들이 조금 전진하자 숲 속에 있을 것이라고는 믿지 않을 정도의 공터가 나타났다. 순간 질리언의 눈동자가 반짝였다.

처음 보는 곳이었다. 이 헬카드산의 모든 곳을 샅샅이 훑고 있음에도 불구하고 지금 자신의 눈앞에 펼쳐진 공터는 처음 보는 지형이었다.

'내가… 모르는 지형이 있었던가? 그럴 수가 있던가?

믿을 수 없는 일이었다. 하지만 지금 눈앞에 보이는 것은 현실이었다. 그리고 그 중앙에는 한 명의 백발 사내가 붉은색 수실이 넘실거리는 기다란 창을 잡고 정화를 하고 앉아 있었다.

그 모습이 어찌나 근엄하고 장엄하게 보이는지 반드시 제거해야 할 적임에도 불구하고 경건함마저 들 정도였다. 하지만 질리언은 고개를 저었다.

'그는 적이다!

그는 적이었다. 크게 호흡을 가다듬은 질리언은 사내의 반대편을 바라보았다. 그곳에는 호위대 백인대장 카라스가 있었다. 어둠 속에서도 그 둘은 서로의 모습을 확연하게 바라볼 수 있었다.

질리언과 카라스는 함께 고개를 끄덕였다. 둘의 입이 동시에 열렸다.

"쳐랏!"

"죽엿!"

제논은 자신을 향해 쇄도해 들어오는 적들을 바라보았다. 그들을 바라보는 제논의 시선은 무심하기 그지없었다. 적으로 만나지 않았다면 어디선가에서 만나 서로에게 축복의 말을 하며 술잔을 기울일 이들도 있을 것이다.

하나, 지금 자신을 향해 쇄도해 오는 이들은 오로지 살의로 가득 찬 적일 뿐이었다. 자신들의 오랜 동료를 죽인 용서할 수 없는 적 말이다. 그것은 제논 역시 마찬가지였다.

이들을 죽이지 않는다면 자신이 죽을 것이다. 자신을 믿는 이들이 죽을 것이다. 각자가 처한 상황에 따라 적이 되고 친구가 될 뿐이었다. 제논은 정좌를 하고 있던 다리를 풀고 창을 잡아 신형을 일으켜 세웠다.

지극히 한가로운 제논의 모습이었다. 너무나도 한가로워 과연 저 사내가 죽음이 몰아치고 살기가 충천한 전투의 한가운데 있는 것인지 의문이 들 정도였다.

날카로운 섬광 수십 줄기가 제논을 향해 폭사해 들어왔다. 겹겹이 둘러싼 적들은 일렬의 공격이 실패했을 때를 상정해 곧바로 들이칠 준비를 하고 있었다.

그들의 눈에는 굳은 신념이 서려 있었다. 절대 실패란 있을 수 없음을 확신이라도 하고 있는 것처럼 말이다. 그리고 그들의 믿음을 증명이라도 하듯이 둔중하고 날카로운 파공성이 제논을 난도질할 듯 쇄도해 사방을 가로막았다.

제논의 입가에는 엷은 미소가 그려졌다. 그리고 그의 창과 함께 신형이 움직이기 시작했다. 그가 움직이자 갑자기 시간이 느려지는 것 같았다. 죽음의 냄새를 풀풀 풍기면서 눈에 보이지 않을 정도의 속도로 쇄도하던 푸르른 날의 도끼와 각종 창검이 달빛에 반짝이며 느릿하게 변하기 시작했다.

목을 향하던 창끝을 느릿하게 피하고 정수리를 쪼개오는 푸르른 도끼날을 신형을 살짝 틀어 피했다. 동시다발적으로 도저히 피할 수 없을 것같이 빽빽하게 쏟아지는 창과 도끼, 그리고 검날을, 마치 치고 들어오는 속도와 향하는 곳을 아는 양 슬쩍슬쩍 전신을 움직여 피해가는 제논이었다.

그는 그렇게 움직였다. 그에 일렬의 거침없는 공세를 지켜보던 이들은 침음성을 삼킬 수밖에 없었다. 제논의 신형이 보이지 않았던 것이었다. 아주 잠깐씩 그의 신형이 보이기는 했다.

하나 마치 안개처럼 뿌연 무언가의 잔상을 남기며 사라지고 그러면 여지없이 검과 창, 그리고 도끼의 공격권에서 벗어나고 있었다. 제대로 타격을 준, 아니, 흘려 맞더라도 단 한 대의 공격을 허용하지 않는 제논이었다.

도저히 있을 수 없는 제논의 유령과 같은 움직임. 공격하는 도끼 돌격 부대원들과 호위대는 바로 눈앞에서 벌어지고 있음에도 도저히 믿을 수 없다는 듯이 눈이 부릅떠지고, 입이 떡 벌어졌다.

그리고 그러한 그들의 눈에 밤의 달빛을 받은 피로 만들어진 무지개가 떠올랐다. 그 피 무지개를 보는 이들에게 하나의 생각이 떠올랐다.

'아… 아름답다!'

아름다웠다. 어찌 비릿한 핏빛의 혈향과 그와 함께 쏟아져 나오는 피 무지개가 아름다울까? 하나, 아름다웠다. 괴괴하게 떠 있는 오롯한 달과 그 달을 가로지르는 검붉은색의 피 무지개는 보는 이의 정신을 아득하게 할 정도였다.

후드드득!

그때 그들의 귀를 엄습하는 잔혹한 소리가 들려왔다. 무언가가 떨어져 내리는 소리. 그들은 안색이 돌변했다. 한 사람을 향해 숨 쉴 틈조차 없이 거침없이 쇄도해 가던 8명의 공격조 전원이 어육이 되어 검은 토양 위로 떨어져 내리고 있었기 때문이었다.

"이… 이……."

"잔… 인한 놈!"

그들의 입은 저도 모르게 제논을 향해 잔인하다 말을 하고 있었다. 그 누구보다 용맹하고 피와 죽음을 두려워하지 않는 그들이 잔인하다 말을 하고 있었다.

그러한 그들을 향해 제논은 오만하고 서늘한 눈빛을 보냈다. 잔잔한, 그리고 냉혹하고 덤덤한 목소리가 제논의 입을 통해 흘러나왔다.

"잔인하다 하였는가? 웃기는군."

제논의 말에 퍼뜩 정신을 차리는 도끼 돌격 부대와 호위대였다. 차가운 말에 정신이 번쩍 들은 것이었다. 그리고 제논의 비웃음에 씁쓸함을 감출 수 없었다.

잔인이라니. 이 무슨 말도 안 되는 소리인가? 전쟁이라는 것. 전투라는 것. 그 자체가 잔인이거늘 조금 더 과격하게 죽였다 해서 무엇이 잔인하다는 말인가?

하지만 그러함에도 불구하고, 이성은 인정하고 있음에도 불구하고 그들의 가슴은 그를 잔인하다 하고 있었다. 육편으로 쏟아져 내린 동료의 죽음 앞에서 말이다.

"죽인다!"

나직하게 흘러나오는 질리언의 반복되는 말. 그에 주춤하고 있던 이들이 다시 도끼와 검, 혹은 창을 굳게 잡으며 어떠한 말도 없이 제논을 향해 쇄도해 들어갔다.

제논 역시 그들과 마주쳐 나가기 시작했다. 찔러오는 창을 어깨를 열어 피하고, 창을 길게 뻗어 상대의 가슴을 관통시켰다. 검붉은 피와 함께 뽑혀져 나온 창을 다시 몸을 뒤집으며 아래에서 위로 그어 올린다.

뼈가 잘려 나가고 근육이 뚫렸다. 일체의 잡음도 없는 공간에는 푸르른 풀 냄새와 대자연의 위대함이 묻어나는 것이 아닌, 진득한 피 냄새와 함께 비명조차 지르지 않고, 눈을 부릅뜬 채 죽어가는 인간 군상이 있었다.

오직 살육만이 존재했다.

피가 튀었고 어느새 손아귀에는 땀이 흠뻑 젖어들었다. 이마에서는 굵은 땀방울이 연신 눈과 볼 혹은 목을 타고 흘러내렸다. 입술은 바짝바짝 타오르고 입안의 침은 다 말라 마치 모래를 한 움큼 집어 먹은 듯했다.

잠시 움직였을 뿐이거늘 심장은 금방이라도 터질듯 펄떡이면서 쉰 숨이 터져 나왔다. 항상 냉정하던 혈액은 금방이라도 피부를 뚫고 나올 것처럼 뜨겁게 전신을 휘돌았다.

얼마의 시간이 지났는지 모를 순간이 지나가고 있었다. 공터를 빽빽하게 채우던 사람이 점점 줄어들기 시작했다. 대지는 죽어 널브러진 시신들로 가득 차 풀과 잡목 혹은 흙이 보이지 않았다.

피와 육편이 흘러내리고 대지는 질척하게 변해 걸음걸음마다 철벅이는 소리가 밤의 적막감을 깨뜨리고 있었다.

"후욱! 후욱!"

몇 명 남지 않은 도끼 돌격 부대와 호위대였다. 살아남은 이들 중 질리언과 카라스는 경악스러운, 혹은 도저히 믿을 수 없다는 눈동자로 거친 숨을 들이쉬며 자신의 앞에 창을 길게 늘어뜨리고 담담하게 서 있는 자를 바라보았다.

제논은 숨조차 흐트러지지 않았다. 그의 백발은 처음과 같아 전혀 지독한 전투를 치른 사람처럼 보이지 않았다. 그러한 제논을 바라보는 이들의 눈에는 경외감이 담겨져 있었다.

비록 적이기는 하나 그 대단한 무력에 경외감을 가지지 않을 수 없었다. 그들의 경외감을 담은 시선 속에는 두려움, 공포, 질시, 놀라움, 분노 등 다양한 감정이 소용돌이치고 있었다.

"누⋯ 구냐!"

"제논 패트리아스!"

"흐으~"

카라스의 질문에 제논은 즉각 답을 했다. 너무나도 담담하게 말이다. 도저히 수백의 사람을 죽인 이처럼 보이지 않은 그런 모습으로 말이다. 그의 대답에 누군가가 바람 빠지는 듯한 소리를 내었다.

"말도 안 되는……."

질리언이 외쳤다. 말도 안 된다. 한 영지의 영주가 직접 움직인다니. 그것도 단독으로 말이다. 이게 무슨 말도 안 되는 소리란 말인가? 미친 것이나 다름없었다.

하지만 질리언은 이내 말을 삼킬 수밖에 없었다.

'그는… 그럴 만한 사람이었나?'

질리언이 질렸다는 듯이 주변을 둘러보았다. 수백의 사람이 널브러져 있었다. 이마가 뚫리거나 목이 잘려 나가고 심장에 구멍이 뻥 뚫려 있었다. 너무 깔끔해 그곳 외에는 어떤 상처도 보이지 않았다.

그것을 본 질리언은 솔직히 할 말이 없었다.

'우리는 착각하고 있었구나. 보고 싶은 것만 보고, 듣고 싶은 것만 듣고 있었구나. 우리는 어리석었구나.'

그러했다.

질리언은 깨달을 수 있었다. 왜 사실을 믿지 못했던가? 왕궁에서 보여주었던 패트리아스 백작의 진실한 실력을 왜 믿지 못하고 애써 깎아 내리고 있었던가? 적이라면 있는 그대로 믿어야 할 것이거늘. 적이라면 당연히 그리 판단하고 대응해야 했거늘.

세사에 물들지 않은 자신들조차 왕궁에서 일어났던 사실

을 믿지 못하였고, 패트리아스 백작이 영지의 내란을 진압할 당시 보여준 무력조차 믿지 않았다.

"그대들은 언제나 그렇게 이야기하더군. 말도 안 된다고."

제논의 말에 카라스와 질리언은 입을 다물 수밖에 없었다. 그랬다. 자신들은 그랬다. 그리고 중요한 것은 이러한 사실을 아는 자신들은 여기서 죽을 것이라는 것이었다.

이 상황 또한 아무도 믿으려 하지 않을 것이라는 사실이었다. 그것은 불 보듯 뻔했다. 자신보다 강한 자에 대한 경외보다는 적에 대한 과소평가로 인한 비웃음을 가질 뿐이었다.

그리고 그 뒤에는 언제나 불안이라는 감정이 존재할 것이라는 점이었다. 그래도 한 가지 가능한 위안이라면 산적을 가장하고 산채를 이끌고 있는 이들이 어리석지 않아 자신들이 돌아오지 않으면 반드시 찾아 나설 것이라는 것이었다.

그리고 그들은 자신들의 시체를 보고 다른 이들과 다르게 가감 없이 현실에 대해 자각할 수 있을 것이라는 점이었다. 시체를 보면 모두 한 사람에게 당한 것이라는 것을 알 것이기 때문이었다.

물론, 이 또한 희망사항일 수 있었다.

"우릴 죽인다면… 아마 백작의 영지 역시 온전치 못할 것이오."

"이미 시작된 전쟁 아닌가?"

제논의 말에 무언가 이상함을 느낀 질리언과 카라스였다. 마치 무언가를 알고 있다는 듯한 그런 느낌을 받았기 때문이었다.

'설마……?'

질리언이 그의 두뇌에서 물음표를 떠올릴 때 카라스가 먼저 입을 열었다.

"우리가… 누구인지 아는 것이오?"

"대충… 짐작은 하고 있지."

"……"

대충이라는 제논의 말에 그 둘은 깨달을 수 있었다. 대충이 아닌 확신하고 있음을 말이다. 그들은 제논을 뚫어져라 쏘아보았다. 그것을 알고 있음에도 불구하고 전혀 거리낌이 없었다.

"알고 있으면서……"

"후환이 두렵지 않은 모양이오."

질리언과 카라스의 말에 제논은 싸늘하게 피식 웃었다.

"그럼 국왕이 하라면 칼을 물고 죽어야 하는가? 과거 나의 아버지는 그러했을지 몰라도 지금 패트리아스 백작 가문의 가주인 나는 절대 그럴 수 없지."

제논의 말에 약간은 답답한 듯 말문을 여는 카라스였다.

"진정 반역을 하겠다는 말이오?"

"반역? 반역이라……. 대체 내가 무엇을 했기에? 나는 수도와 본작의 영지 길목에 자리 잡고 있는, 왕국에서조차 손을 쓸 수 없는 대규모의 산적단을 토벌한 것인데 말이야."

제논의 말에 그들은 비로소 제논의 싸늘한 웃음의 의미를 알 수 있었다.

"과거로 돌아갈 수 없는 것이오?"

"과거? 과거라……. 그러하면 내 아버지를 내 어머니를 내 가족을 살려줄 수 있는가?"

"……."

할 말이 없었다. 어찌 죽은 자를 살릴까?

"그것은 국왕의 탓이 아니지 않소?"

"물론 그렇지. 국왕의 탓은 아니지. 왕은 무치라 했으니 부끄러움을 가지면 아니 될 것이지. 그래서 부끄러움이 없어서 자신의 그릇에 담지 못할 이를 죽이려 하고, 자신의 권력을 되찾는 데 욕심을 내어 귀족 간의 갈등을 조장하고 있지."

제논은 모든 것을 알고 있었다. 질리언과 카라스가 비록 권력의 중심에 서지는 않았으나 중심에 가까이 있는 이들이었다. 그러하기에 대략적인 상황을 안다고 할 수 있었다.

때로는 은밀하게 모여 현 국왕의 독단과 욕심에 통탄하기도 했다. 그러나 알고 있음에도 그들은 국왕을 떠날 수 없었다. 그들은 믿고 있었다. 국왕에게 충성하는 것이야말로 진정한 기사들이 해야 할 덕목이라고 말이다.

그러한 면에서 자신들은 기사의 덕목을 실행하고 있는 것이었다. 비록, 그것이 잘못된 방향임을 알고 있지만 말이다. 죽음으로써 주군을 받들어야 하는 것이 기사이기에.

"그대들은 직무유기다. 기사는 자신이 주군을 죽음으로 보필해야 함은 물론이지만 그 죽음으로 보필해야 한다는 말 속에는 숨은 의미가 있다. 그것은 바로 죽음으로 옳은 길로 이끌어야 한다는 것이다."

제논의 말에 질리언과 카라스 그리고 살아남은 이들의 얼굴은 침중하게 굳어졌다. 알고 있다. 하나 할 수 없었다. 자신들의 주군인 국왕은 너무 멀리 있었기 때문이었다.

자신 하나가 그렇게 한다고 해서 바뀔 국왕이 아니었기 때문이었다. 국왕은 자신들의 가장 최종적인 충성의 대상. 자신들은 그저 자신들이 주군을 위한 충성을 다하면 될 뿐이었다.

하나, 제논의 말대로라면 자신들은 기사로서 그 역할을 제대로 하지 못했다. 멀고 먼, 거의 손에 잡히지 않을 정도로 높이 있는 최종 충성의 대상은 그러할지라도 지금 당장 눈앞에 있는 자신들이 주군을 올바른 길로 인도하지 못했음이니 말이다.

"백작은 기어코 우리를 죽이겠다는 말이구려."

"그대들은 지금 현재 산적이니까."

할 말이 없었다. 자신들은 지금 기사가 아니라 5천이라는 대규모의 산적이었다. 수많은 상인의 물품을 갈취한 해악인 것이었다.

"쉽지는 않을 것이오."

그렇게 말을 하며 무기를 고쳐 잡는 이들이었다. 그들의 눈동자에는 반드시 제논을 죽이겠다는 의지가 담겨져 있었다. 그들의 모습에 그저 싸늘한 미소만 머금고 있는 제논이었다.

그리고 제논은 대지에 대었던 창두를 서서히 들어 올려 전면에 있는 질리언의 가슴을 가리키며 입을 열었다.

"오라!"

"타하아앗!"

제논의 말과 함께 수십 줄기의 검광과 도끼가 그를 향해 쇄도했다. 지금껏 죽어갔던 이들과는 확연하게 다른 기세와 흉험함이었다.

"정령소환(Summon Elemetal). 운디네(Undine). 폭우(Heavy Rain)!"

순간 제논의 창두에서 수십, 수백, 수천의 물줄기가 사방으로 뻗어나갔다. 그야말로 거침없이 쏟아지는 빗물과 같이 말이다. 피할 공간은 보이지 않았다. 오직 뚫고 지나갈 뿐이었다.

살아남은 이들은 제논의 이 한 수가 절대 간단치 않다는 것을 본능적으로 느끼고 있었다. 어쩌면 죽을 수도 있다는 것을 느꼈기에 즉각적으로 전신의 마나를 돌려 검에 담아 빠르게 휘둘렀다.

콰콰카가각!

수백 수처의 물줄기, 수십의 검영, 도끼의 그림자가 부딪혀 갔다. 그리고 부서져 내리기 시작했다. 눈부신 달빛 아래 부서지는 물줄기는 그야말로 환상처럼 아름다웠다.

하나, 그 환상 속에는 죽음의 환영이 숨어 있었다. 피어오르는 검붉은 핏줄기. 아름다운 호선을 그리며 사방으로 뿌려져 나가고 있었다. 비명 소리는 없었다.

그저 전신을 폭우에 강타당하며 구멍이 숭숭 뚫릴 뿐이었다. 이마, 눈, 목, 가슴, 복부 등 폭우가 지나가고 있었다. 아무리 우비를 입는다 하여도 폭우를 피할 수는 없었다.

너덜너덜해진 수십의 시체가 대지 위 싸늘한 주검으로 남았다. 괴괴한 달빛이 세상을 비추었다. 눈부시게 밝은 폭우가 휩쓸고 지나간 자리에 서 있는 사람은 단 세 명이었다.

제논과 질리언, 그리고 카라스였다.

제논은 창을 늘어뜨리고 밝게 떠 세상을 밝히고 있는 둥근 달을 바라보고 있었고, 질리언은 자신이 애병인 두터운 배틀엑스가 무거운지 땅에 박은 채 두 손으로 손잡이를 잡고 겨우 신형을 세우고 있었고, 카라스는 장검을 대지에 박아 두고 가슴을 부여잡으며 무릎을 꿇고 피를 게워내고 있었다.

"정… 려엉……."

"쿨럭!"

제논은 감추지 않았다. 정령을 드러내 보인 것이었다. 지금 제논의 백발 위로는 맑고 투명한 물의 최하급 정령인 운디네(Undine)가 지극히 청초한 모습을 한 채로 떠 있었다.

"전설의 귀환이런가……."

가슴을 부여잡고 피를 게워내던 카라스는 입술을 온통 검붉은 피로 물들이고도 닦아낼 생각조차 하지 않았다. 그는 맑고 투명하게 빛나고 있는 운디네를 그저 멍하니 바라보고 있었다.

"후우우욱!"

그리고 숨을 크게 들이쉬더니 이내 아무런 동작을 보이지 않았다. 그대로 절명한 것이다. 그러한 카라스를 무덤덤하게 바라보던 질리언이었다. 이제 자신만이 남았다.

"국왕은 최악의 선택을 한 것이구려."

불현듯 그러한 생각이 든 질리언이었다. 그는 알 수 있었다. 자신의 눈앞에 있는 자는 결코 최하급 정령을 다루는 정령사가 아님을.

정령사가 전투에 가담하여 최하급 정령을 활용하기 위해서는 마법사에 버금가는 정신력을 가지고 중급의 중령을 다룰 줄 알아야 한다는 것을 말이다.

하기에 그가 보는 시점에서 제논은 최하 중급 정령사였다. 그의 얼굴이 서서히 일그러졌다. 웃는 것인지 우는 것인지 모를 표정이었다. 입은 무엇이 그리 통쾌한지 활짝 웃고 있었으나, 두 눈가에는 맑고 투명한 물기가 흘러내리고 있었다.

"흐으……"

입가에서 바람이 빠져 나왔다.

"흐으… 흐으하! 흐으하하하! 흐하하하!"

고개를 들어 어두운 하늘을 보며 커다랗게 웃었다. 좀체 그칠 것 같지 않던 질리언의 웃음 위로 한 줄기 공허함이 흐르고 눈가에 흘러내린 굵은 눈물이 싸늘하게 식어갔다.

그러한 질리언을 한참 바라보던 제논의 입에서는 예의 무덤덤한 목소리가 흘러나왔다.

"정령소환(Summon Elemetal). 노움(Gnome). 부패(Decomposition)! 정화(Purification)!"

그 모습이 너무 무덤덤해 등골이 오싹해질 지경이었다. 점점 더 무심해지는 제논의 모습이었다. 감정이 메마르고 있었다. 수백의 시체는 이내 온데간데없고, 시취 역시 전혀 느껴지지 않았다.

제논은 가볍게 창을 털었다. 그의 창에는 핏물조차 묻어 있지 않았다. 한데, 제논은 그저 지금의 상황을 털어버리려는 듯이 창을 털었다. 그리고 멍하니 자신이 창을 바라보았다.

그러기를 한참.

제논은 창을 어깨에 걸치고 터벅터벅 걸음을 옮겼다.

"언젠가는……."

그 뒷말은 들려오지 않았다. 그의 목소리가 웅얼거리듯 바람에 사라져 가고 있었다. 하지만 분명한 것은 그의 목소리에는 전혀 기쁨이 깃들어 있지 않았고, 진한 아픔이 묻어나고 있었다.

그의 걸음을 따라 바람이 흐르고 대지의 발자국이 따랐다. 싸늘한 달빛은 그의 어깨에 올려진 시퍼런 창두를 더욱더 서늘하게 만들었으며, 적막 속에 들리는 그의 걸음은 지상의 제왕이라는 오우거조차 움츠리게 만들고 있었다.

그리고 어슴푸레 날이 밝아오고 있었다. 아직까지는 어두운 밤이었으나 어느새 밤이 서서히 물러나기 시작하고 있는 것이다.

Chapter 07

레드 스컬의 얼굴이 딱딱하게 굳어져 있었다. 소환 명령을 내린 지 벌써 두 시간. 어느새 날은 점점 밝아오고 있었다. 그리고 아무도 돌아오지 않고 있었다.

　　도끼 돌격 부대 5백과 호위대 1백 명 전원이 단 한 명도 돌아오지 않고 있었다. 자신은 방심하지 않았다. 아니, 오히려 적을 더욱더 경계하여 필요 이상의 전력을 투입했다.

　　한데 한 명도 돌아오지 않았다. 수색에 파견된 이들이 자신을 배신한다는 것은 있을 수 없는 일이다. 그들은 그러한 존재니까.

'……모두… 죽은 것인가?'

믿을 수 없었다. 확인하지 않았지만 전멸하지 않았다면 어떠한 답도 내릴 수 없었다. 레드 스컬은 등줄기가 싸늘하게 식어 가는 것을 느꼈다. 그것은 레드 스컬의 옆에 있던 쥬빌레 자작 역시 마찬가지였다.

어느 누가 있어 도끼 돌격 부대와 호위대의 혼합 수색대를 모두 죽일 수 있다는 말인가? 거기에 마법사 열 명까지 모두 제거하고 말이다. 다리가 후들거리고 정신이 아득해짐을 느낄 수밖에 없었다.

그들은 분명 죽었다. 그리고 그들의 죽음으로 인해 산채의 사기가 급격하게 떨어질 것은 분명하였다. 무언가 수를 내지 않으면 아무리 헬카드산을 본거지로 2년이라는 긴 시간 동안 지냈다 하나 결코 승리를 쟁취할 수 없을 것이다.

승리한다 하여도 만신창이가 되어 자신들을 믿어주는 국왕으로부터 버림을 받을 수 있음이었다. 현 국왕은 사람을 믿지 않는다. 오직 스스로만을 믿는다.

같은 국왕파이면서도 이렇게 내무대신이니 군무대신이니 하며 갈라져 있는 것 역시 사람을 믿지 않은 국왕의 견제 때문이었다. 한데 모아 힘을 합쳐도 어려울 지경에 오히려 분산시키고 있는 것이었다.

그러한 국왕이 지금의 승리를 한다 하여도 상처뿐일 승리를 과연 어떻게 받아들일 것인가? 백 번 잘해야 소용없는 것이었다. 단 한 번의 실수로 백 번의 승리를 무너뜨릴 수 있었다.

"수를 내야만 합니다."

다급하게 말을 하는 쥬빌레 자작의 말에 살짝 고개를 돌리는 레드 스컬이었다. 수를 내면 좋겠는데 무슨 수가 있다는 말인가? 병사들 모두 적의 기습이 있어 마법사가 죽은 것을 알고 있었고, 그 기습조를 추적하게 수색대를 급파했다는 것 또한 아는데 말이다.

물론 입막음을 하긴 했으나 입막음을 한다고 입막음이 될 사항인가 말이다. 그것을 알고 있음에도 수를 내야 한다고 말하는 쥬빌레 자작의 모습에 일말의 기대를 걸어보는 레드 스컬이었다.

레드 스컬의 시선과 쥬빌레 자작의 시선이 부딪혔다. 그들은 지금의 상황이 자신들에게 지극히 안 좋은 방향으로 흐르고 있다는 것을 직감하고 있었다.

그것은 이 헬카드 산적들을 가장한 국왕파 소속의 모든 귀족에게 해당되는 상황이었다. 실패는 있을 수 없었고, 승리는 반드시 쟁취해야 했다. 그러기 위해서 지금의 모든 상황은 결코 병사들에게 알려져서는 아니 되었다.

그러한 이해타산이 정확하게 맞아 들어가고 있었다.

"그들은… 작전 중입니다. 앞으로 벌어질 전투를 위해서 은밀히 작전 지역으로 이동한 것입니다. 그리고 그들은 전투 시 적에게 발각되어 장렬하게 전멸한 것입니다."

쥬빌레 자작의 말에 레드 스컬과 지휘부를 구성하는 모든 이들이 고개를 끄덕일 수밖에 없었다. 얼굴을 일그러뜨리는 일부 기사 혹은 귀족이 있기는 하였다.

하나 결코 자신의 불만을 밖으로 드러내지는 않았다. 그것이 얼마나 어리석은 짓인지 잘 아는 탓이다.

"하면 전투 준비를 해야 할 것 같군. 조금 이르지만 철저하게 준비하는 것이 옳을 것이니 말이지."

"그래야 할 것입니다."

"하면……."

이로써 모든 것이 정리되었다. 안타깝지만 그들은 살아 있는 이들을 위해 장렬하게 산화해야만 했다.

"무엇을 하고 있는 것인가, 전투 준비를 하지 않고!"

레드 스컬의 외침에 귀족들과 기사들은 부리나케 자리를 일어나 사방으로 흩어졌다. 그러한 그들을 무심하게 바라보는 레드 스컬이었다. 그리고 아직 자리를 뜨지 않은 쥬빌레 자작을 향했다.

"자작도 귀족들을 다독여야만 할 것이오."

"알겠습니다."

무슨 말인지 안다. 비록 군무대신과 내무대신으로 갈라져 있지만 지금은 한배를 탄 입장. 서로 입을 굳게 다물어야만 했다. 누구 한 명이라도 입을 여는 날에는 여기 있는 모든 이가 다칠 수 있었다.

쥬빌레 자작이 자리를 뜨자 레드 스컬의 등 뒤로 호위 부대장인 쟌 피엘이 다가와 섰다. 그의 얼굴은 무표정함의 극치를 보여주고 있었으나 그의 두 눈동자는 절대 아니었다.

그는 불만이었다. 아무리 상하 관계라고는 하나 등을 맡겼던 동료이자 전우였다. 그런데 그러한 전우를 단지 정책적으로 살아남기 위해 버린다는 것 자체가 마음에 들지 않는 것이었다.

"불만인가?"

"……."

레드 스컬은 그를 쳐다보지도 않고 물었다. 역시 피엘 호위 부대장은 말이 없었다. 평생을 레드 스컬을 호위한 피엘 호위 부대장이었다. 그가 말이 없는 것은 자신의 말이 맞다는 것을 증명함이었다.

"강한 자가 살아남는 것이 아니라 살아남는 자가 강한 자이다. 또한 살아남아야 복수를 할 수 있다. 그래야만 그들의 넋을 달래줄 수 있을 것이다."

레드 스컬에게 말없이 불만을 표했던 피엘 호위 부대장의 안색이 조금은 누그러졌다. 딴에는 맞는 말이었다. 만약 레드 스컬이 귀족들과 야합을 하지 않았다면 그들은 결국 죽어서도 불명예를 짊어질 것이었다.

이렇게 하면 승리를 하든 패배를 하든 귀족들은 수색을 하다 죽어간 그들에 대해 어떠한 말도 하지 못할 것이다. 최소한 불명예는 짊어지지 않을 것이며, 그들의 가족 역시 그 명예를 지고 살아가지 않아도 될 것이니 말이다.

피엘 호위 부대장은 말없이 레드 스컬의 뒤에 섰다. 레드 스컬은 그저 손을 깍지 낀 채 부산하게 움직이는 산채를 말없이 바라보고 있었다. 하나, 그의 얼굴은 결코 펴지지 않았다.

'누군가? 대체 누구이기에 이리도 대담한 것인가?'

그는 알고 있었다. 산채에 침입한 적이 결코 다수가 아닌 단 한 사람이라는 것을 말이다. 애써 적의 기습조라고 해 다수를 지칭했으나 눈썰미 있고, 천부장급의 귀족이나 상급 이상의 기사라면 이미 눈치채고 있었다.

단 한 명에 의해 마법사들과 병사들이 당했다는 것을 말이다. 그리고 그 단 한 사람을 잡기 위해 6백의 정예 병력이 투입되었다는 것을 말이다.

'나라면… 나라면 가능할까?'

그에 레드 스컬은 전신의 털이 쭈뼛 서는 느낌을 받았다. 자신이라면 열 명 정도의 도끼 돌격 부대원을 감당할 수 있었다. 도끼 돌격 부대는 그만큼 강했다.

'홀로 침입하여 병력을 유인하고 미리 매복하여 전멸시킨 것인가?'

지금으로써는 그 방법밖에 없었다. 하지만 그것을 확인할 길은 없었다. 아무도 돌아오지 않았기 때문이었다. 그리고 적을 마주해야 할 시간이 가까워지고 있음이니.

날이 점점 밝아옴에 레드 스컬의 안색은 갈수록 더 어두워지고 있었다. 시선을 들어 헬카드산의 허공을 바라보았을 때 아득히 먼 곳에서 연기가 올라오고 있었다.

아직 동도 트지 않은 이른 시간이었다. 그런데 이미 패트리아스 백작 영지군은 전투를 준비하고 있었다. 여느 귀족 군들과는 확실히 다른 움직임이라 할 수 있었다.

'어쩌면… 어려울 수도……'

레드 스컬은 안색을 굳히면서 터오는 새벽의 태양을 그렇게 지켜보고 있었다. 그가 깊은 시름에 잠겨 있는 동안 산채 역시 착실하게 전투를 준비하였고, 패트리아스 백작 영지군은 모든 준비를 마치고 있었다.

*　　　*　　　*

두웅!

두둥! 두두둥!

헬카드산 밖에 진을 치고 있던 패트리아스 영지군의 진영에서 묵직한 전고가 울리기 시작했다. 그리고 아침의 상쾌한 햇빛에 눈부시게 반짝이는 창과 검, 방패를 앞세우고 조금씩 전진하기 시작했다.

칼라시니코프 토벌 대장은 5천의 병력을 결코 한데 뭉쳐 전진시키지 않았다. 아무리 길잡이가 있고 전투 사판을 통해 헬카드산을 숙지하고 있다고는 하지만 헬카드산을 배경으로 수많은 전투를 치러본 산적들과 같지는 않을 것이기 때문이었다.

즉, 헬카드산은 산적들에게는 안방과 같은 곳이었다. 눈 감고도 무엇이 어디 있는지 알지만 자신들은 그저 듣고 외우기만 한 그런 곳이니 한데 모여 진격한다면 무슨 낭패를 당할지 몰랐다.

물론 그가 이런 분산 진격의 형태를 취한 것은 패트리아스 백작이 다녀갔다는 말을 들은 와르셀 남작의 계획에 따른 것이었다. 와르셀 남작이 대체 무슨 생각에서인지는 몰라도 적의 도끼 돌격 부대와 마법사, 호위대는 신경 쓰지 않아도 된다고 확신을 가지고 말을 하고 있었다.

믿을 수도 믿지 않을 수도 없었지만 지금으로써는 와르셀 남작의 말을 믿을 수밖에 없었다. 그는 헬카드산이 산적 토벌대 군사장이었기 때문이었다.

진격은 순조로웠다. 산의 초입에 들어왔음에도 불구하고 산적들의 반격은 전혀 없었다. 헬카드산에서 산적들이 출몰하는 주요 지역을 파악한 후 넓게 포위하여 진격하고 있음이니 아무래도 아직까지는 별 반응 없는 것이 정상이라 할 수 있었다.

그렇다고 경계하지 않을 수 없는 것이, 미친 척하고 달려들면 그것 역시 상당히 난처해질 수 있었다. 피곤하지만 어쩔 수 없이 차근차근 주변을 확인하면서 앞으로 진격할 수밖에 없었다.

일찌감치 오전에 출발하였지만 5천의 군사가 진격을 함에 어느새 태양이 중천에 떠 정오를 가리키고 있었다. 지금까지 단 한 번의 공격도 없었다. 조금은 긴장이 풀어지는 그런 시점이라 할 수 있었다.

'휴식을 노리는 것인가?'

칼라시니코프 토벌군 대장은 그리 생각했다. 충분히 가능성 있는 일이었다. 평야 전투도 아니고 공성 전투도 아닌 이상, 그리고 상대가 정규 부대가 아닌 산적임을 감안한다면 어쩌면 당연한 것이라 할 수 있었다.

"경계 후 야전 식량으로 중식을 해결한다."

"명!"

패트리아스 백작 영지군은 질서 정연했다. 야전 식량으로 중식을 해결함에도 불구하고 군장을 풀지 않고 사방을 경계하고 있기 때문이었다. 그러한 그들의 모습을 숲 속에서 은밀히 지켜보는 이들이 있었으니.

그들은 바로 레드 스컬이 이끌고 있는 산적들이었다. 아니, 국왕파의 귀족군이라고 해야 하는 것이 옳을 것이다.

'과연… 이라고 해야 하나? 쉽지 않겠군.'

레드 스컬의 얼굴이 침중하게 굳어갔다. 그에 옆에 있던 쥬빌레 자작의 얼굴 역시 덩달아 어두워졌다. 문관 출신인 자신이 본다 하더라도 패트리아스 백작 영지군은 쉽지 않아 보였기 때문이었다.

하지만 여기서 시간을 더 끌 수는 없었다. 이미 국왕으로부터 칙서가 도달해 있는 상황이었다. 그리고 그 칙서를 가지고 당도한 감시관 역시 먼 거리에서 지금의 전투를 지켜보고 있을 것이었다.

원래는 다시 되돌아가야 했으나, 국왕은 지금의 전투를 생생하게 보기를 원했다. 근래에 보기 드문 대규모 전투였다. 그것을 들은 레드 스컬과 쥬빌레 자작은 허탈해질 뿐이었다.

'미쳤군!'

그리고 둘의 머리에는 단 하나의 생각만 떠올렸다. 미쳤다는 것. 그러했다. 패트리아스 백작에 대한 현 국왕의 아집과

집착 혹은 질시는 분명 광증에 가까웠다. 패트리아스 백작이 자신에게 어떠한 위해를 가하지 않았음에도 불구하고 현 국왕은 그를 배척하고 질시하며 경계하고 있는 것이었다.

하지만 어쩔 수 없었다. 어쨌든 그는 이 코린 왕국의 지존이었기 때문이었다. 다만, 칙서를 가지고 온 귀족에게 한마디 할 뿐이었다.

'전투 중 그대에게 신경 쓸 여력은 없소.'

레드 스컬의 말에 커다랗게 앙천광소를 질러댄 칙서를 가지고 온 귀족이었다. 그는 그렇게 전투를 지켜보고 마법 영상구로 상황을 국왕에게 전할 것이다.

아침까지 국왕의 칙서를 가지고 온 이들이 지극히 신경 쓰였다. 하지만 지금은 그들에 대해 아무런 생각이 들지 않았다. 그저 눈앞에 있는 패트리아스 백작 영지군에 온 신경을 집중할 수밖에 없었다.

"지금이 아니면 기회가 없을 것입니다."

레드 스컬의 귓가로 한 줄기 나직한 음성이 전해졌다. 그것은 그도 동의하는 바였다. 지금쯤 지쳤을 것이다. 아무리 정예라고는 하지만 산속에서 반나절을 보냈다.

그것도 꽤나 일찌감치 일어나 새벽에서부터 부산을 떨었으니 상당한 체력 소모와 함께 피로감을 가지고 있을 것이 분명하였다. 그리고 이 잠깐의 시간이 꿀보다 더 달콤했다.

아마도 저들은 시간이 지나면 지날수록 이 헬카드산에 적응할 것이고, 그러면 그럴수록 자신들이 승리할 수 있는 가능성은 점점 줄어들 것이었다. 그에 마침내 레드 스컬은 결심을 굳혔다.

"준비~"

레드 스컬의 손이 들어 올려짐에 누군가가 나직하게 통신구를 통해 각 작전 부대로 통신을 연결하고 있었다. 그리고 그 통신병의 눈에는 레드 스컬의 손이 아주 느릿하게 아래로 내려지는 것이 보였다.

"작전 개시!"

통신병의 소곤거리는 듯한, 혹은 단호한 목소리가 통신구를 통해 각 부대에 전달되는 순간.

"와아아아!"

"쳐라앗!"

"죽여! 죽여랏!"

각개 분산하여 헬카드산으로 진입하였고, 아침나절부터 지금까지 단 한 번의 접전조차 없었던 산적들이 사방에서 우레와 같은 함성을 지르며 쏟아져 들었다.

"산적이다!"

"방진을 구성하라!"

"방패! 방패를 들어라!"

적막하던 헬카드산이 소란스러워졌다. 인간들의 고함소리와 인간들의 발소리에 의해서.

"불을 붙인 통나무를 굴려라!"

"불화살을 쏴라!"

언덕진 경사면 위에서 산적들은 통나무와 돌을 굴렸으며, 수없이 많은 화살을 날리며 패트리아스 백작 영지군을 압박해 들어갔다. 하나, 패트리아스 백작 영지군은 침착하기 그지없었다. 마치 알고 있었다는 듯이 말이다.

야전식을 하고 있음에도 불구하고 침착하게 방진을 구성하고, 등에 메었던 방패를 앞으로 해 땅에 박은 후 쉴 새 없이 밀려오는 통나무와 바위 덩어리를 막아내고 있었다.

쿠궁! 쿠구구궁!

"크으윽!"

"버텨라! 2진 앞으로, 1진을 보조한다!"

"장창을 버리고 단창과 글라디우스로 교체한다!"

일사분란하게 움직이는 패트리아스 백작 영지군이었다. 전혀 당황하지 않고 있었다. 피해가 아예 없는 것은 아니지만 생각했던 것보다 훨씬 적자 레드 스컬의 눈살이 찌푸려졌다.

하나 어쩔 수 없었다. 이럴 때 필요한 것이 도끼 돌격 부대였지만 지금은 없었다. 레드 스컬은 고민할 수밖에 없었다. 그리고 입을 열었다.

"잔!"

"명을!"

"적의 방어벽을 깬다!"

"명!"

피엘 호위 부대장이 돌아섰다. 그리고 검을 뽑아 들었다.

"전구운! 돌겨억!"

"돌겨억!"

도끼 돌격 부대를 대신하여 2백의 호위대가 움직인 것이었다. 그들이 돌격하는 곳은 패트리아스 영지군의 정중앙이었다. 가장 두텁고 가장 어려운 곳을 향해 거침없이 돌격해 들어가고 있는 것이었다.

"충격 대비! 충격 대비!"

중앙을 맡고 있던 천부장 해리슨은 화들짝 놀라 외쳤다. 그것도 그럴 것이, 이런 깊은 산중에 말의 전신에 철갑을 두른 전투마가 득달같이 달려오니 놀라지 않을 수 없었다.

어찌 산중에 전투마가 존재한단 말인가? 절대 있을 수 없는 일이었으나 그 있을 수 없는 일이 지금 눈앞에 버젓이 벌어지고 있었다. 산중이기에 장창도 없었다.

있는 것은 오로지 단창과 짧은 글라디우스와 방패뿐.

콰콰카가가각!

2백의 철갑 기마와 천 명의 방패 벽이 부딪혔다. 천부장 해리슨의 눈에는 그 모습이 아주 느릿하게 재현되고 있었다. 그에 천부장 해리슨의 입과 눈은 믿을 수 없다는 듯이 벌어지고 커지고 있었다.

마치 썰물에 부서지는 모래성처럼 산산이 부서지고 있었다. 그와 함께 검붉은 핏물이 유려하게 퍼져 나가기 시작했다. 철갑을 두른 기마의 힘은 결코 인간이 견뎌낼 수 있는 것이 아니었던 것이다.

그리고 경사진 면에서 뛰어 내려오는 그 속도와 무게감은 상상을 초월하는 것이라 할 수 있었다. 결구 튼튼한 벽처럼 어떠한 공격도 허용하지 않던 패트리아스 영지군의 중앙이 허물어져 내리고 있었다.

"후. 후퇴하라! 후퇴해!"

중앙이 무너지자 2백의 호위대는 거칠 것 없다는 듯이 그대로 일직선으로 내달려 패트리아스 백작 영지군의 후위에 위치한 사령부를 향해 돌격해 들어갔다.

그들의 뒤를 따라 산적들이 물밀듯이 쏟아져 들어갔다. 그에 자연스럽게 가운데가 함몰한 형국이 되어버렸다. 좌우 2천에 중앙 1천의 병력이었다. 그중 후위에는 칼라시니코프 토벌군 사령관이 존재했다.

누가 보아도 이번 전투는 패트리아스 백작 영지군의 패색이 짙어지고 있었다. 하나, 그것은 아직 이른 판단임은 분명했다. 이제 전투를 시작한 지 30분이 지났을 뿐이니까 말이다.

"이상하군. 이상해."

그 모습을 바라보는 레드 스컬은 연신 이상하다는 말을 입에 달고 있었다. 이럴 리가 없었다. 자신의 눈이 잘못되지 않았다면 이렇게 빨리 무너질 패트리아스 백작 영지군이 아니었다.

"허장성세였을 수도 있습니다."

쥬빌레 자작이 자신의 생각을 말했다. 그럴 수도 있었다. 과도한 자신감으로 부풀려 보일 수도 있었다. 하나, 레드 스컬은 자신의 눈을 믿었다. 그의 눈으로 보건대 패트리아스 백작 영지군의 군세는 결코 허장성세가 아니었다.

"다른 곳, 다른 곳은 어떠한가?"

"다른 곳이라 함은……."

"적의 수가 조금 모자라 보이지 않나?"

레드 스컬의 말에 화들짝 놀라 전장을 살펴보는 쥬빌레 자작이었다. 그러나 솔직히 기사 출신이 아닌 문관 출신의 귀족이 산중에서 벌어지는 전투를 가늠한다는 것은 어불성설이라 할 수 있었다.

수십의 인원이 아닌 일만에 다다른 인원이 서로 뒤엉켜 싸우고 있었다. 그것도 허허벌판이 아닌 아름드리나무와 낮은

잡목, 넝쿨과 각종 잡초가 어우러져 있는 그런 산중에서 말이다.

어찌 확인한다는 말인가? 그에 쥬빌레 자작은 안색을 굳힐수밖에 없었다. 레드 스컬의 말이 결코 가능성 없는 소리는아니기 때문이었다. 그때 적진에서 커다란 함성이 들려왔다.

쥬빌레 자작의 시선이 바로 소리의 근원지로 향했다. 하나,생각과는 달리 그곳에는 2백의 호위대가 무인지경으로 휩쓸고 있었다. 함성은 그들을 막기 위해 일단의 병사가 내지른것이었다.

쥬빌레 자작은 자신의 가슴을 쓸어 내렸다. 비록 도끼 돌격부대는 없지만 2백에 이르는 기갑 호위대에 의해 의외로 쉽게 전투가 흘러가고 있었기 때문이었다.

하나 지켜보는 쥬빌레 자작이나 혹은 레드 스컬과는 다르게 현장에 있는 2백의 기갑 호위대는 조금씩 당황하고 있었다. 분명 가로지르고 수많은 병사를 베었다. 그런데 적의 수는 전혀 줄어들지 않고 있었다.

그리고 첫 돌파 이후 2백의 기갑 호위대는 어느 한쪽으로점점 밀려나고 있음을 느끼고 있었다. 아니, 밀려나는 것이아니라 유인당하고 있다는 느낌을 강하게 받고 있는 호위 부대장 피엘 경이었다.

'이건… 뭐지?'

그러는 동안 2백의 기갑 호위대는 이미 주요 전장에서 벗어나 한쪽 편으로 완전히 밀려나 있었다. 어쩌다 이렇게 되었는지 모를 지경이었다. 그저 앞을 가로막는 모든 것을 치우고 가로지름에도 불구하고 지휘관의 시야로부터 완전히 벗어나 버린 것이었다.

그리고 어느 순간 그들의 앞에는 그 누구도 보이지 않았다. 오직 멀리에서 피아가 구분되지 않은 함성과 병장기 부딪히는 소리가 들려올 뿐이었다. 호위 부대장 피엘 경은 침착하게 주변을 둘러보았다.

아득하게 들려오는 소리. 본진과 완전히 분리된 자신이 호위대. 그것으로 유추할 수 있는 것은 단 한 가지뿐이었다.

"누구냐! 나서라!"

피엘 경은 나직하지만 단호한 목소리로 숲을 향해 외쳤다. 그에 숲은 피엘 경의 목소리와 공명하며 나무와 나무 혹은 풀과 풀이 부딪히며 넓게 퍼뜨려 나갔다.

그리고 2백의 호위대에게 동시에 들려오는 소리.

저벅!

저벅! 저벅!

조용하게 울려 퍼지는 발자국 소리였다. 전장과는 전혀 어울리지 않는, 그지없이 평온함을 가져다주는 그런 발자국이었다. 나긋하고 향긋한 숲의 향기가 흘러나올 것 같은 그런 소리였다.

2백 쌍의 시선이 일제히 발자국 소리가 들려오는 곳으로 향했다. 그리고 그들의 눈에는 한 명의 사내가 투영되고 있었다.

허리까지 내려오는 단정하고 가지런한 백발을 지니고, 자연을 닮은 깊고 푸른 눈을 가진 자. 그의 오른쪽 어깨에는 긴 장창이 걸쳐져 있었고, 그 창두(槍頭)와 창간(槍杆)의 경계에는 피보다 붉은 수실이 달려 너울거리고 있었다.

바로 제논이었다.

지금의 이 현상은 바로 제논이 벌여놓은 것이었다. 전장에서 가장 위협이 되는 2백의 호위대를 유인하고 그들을 전장으로부터 완벽하게 이격시키는 이 모든 것을 말이다.

'정령 소환(Summon Elemental). 실프(Syleph), 노움(Gnome). 공간의 벽(Block of Space).'

공간의 차단이었다. 대지와 바람을 교묘하게 이용한 감각의 마비 정도일 것이다. 하나, 마법의 일루전과는 전혀 다른 정령 마법이라고 할 수 있었다. 마법의 일루전은 그저 시각의 교란이겠지만 정령 마법으로써 이루어진 공간의 벽은 실제 감각을 혼란시키는 것이니까 말이다.

물론 호위 부대장인 피엘 경과 그를 따르는 2백의 철갑 기사는 그런 것에는 아무런 상관이 없었다. 단지 그들의 눈앞에 죽여야 할 무언가가 나타났다는 사실이 중요했다.

어떠한 마법을 썼는지는 모르나, 자신들이 눈앞에 있는 자를 죽이면 이 마법은 자연 풀릴 것이다. 마법진이 아닌 이상 지금의 상황은 해결될 것이기 때문이니 그리 걱정할 필요가 없었다.

처억!

제논은 가장 선두에 선 피엘 경과 일정 거리를 두고 선 후 어깨에 걸쳤던 기형 창을 들어 그를 가리켰다. 아무 말 없었지만 그것이 무엇을 의미하는지는 세 살 먹은 어린애도 알았다.

피식!

제논의 행동에 어이없다는 듯 피식 웃어버리는 피엘 경이었다. 단 한 명이 2백을 향해 창을 겨누었다. 그것도 무척이나 담담하게 말이다. 말도 안 되는 행동을 하는 적이었다.

"죽여주지!"

나직하게 으르렁거리는 피엘 경의 음성이었다. 그것을 들었음인가? 명령을 내릴 사이도 없었다. 기갑 호위대는 마상 장검을 비켜들고 가로막는 모든 것을 부수고 잘라내며 앞으로 내달렸다.

두두두둑!

정적으로 감돌던 숲 속은 다시 육중한 말발굽 소리로 가득해졌다. 그 육중한 말발굽에 숲의 대지는 몸서리를 쳤고, 흉물처럼 패이고 일그러지기 시작했다.

제논은 그저 말없이 상대를 향해 창을 든 채 앞으로 걸어가기 시작했다. 한 걸음. 두 걸음. 점점 보폭을 넓혔고, 보폭이 넓어진 만큼 그의 신형 역시 빨라졌다.

2백의 기갑 호위대와 제논은 눈 깜빡할 사이에 가까워졌다. 원래부터 멀지 않은 간격이었다. 그런데 서로에게 질주하자 마치 공간 이동을 한 듯이 가까워졌다.

"죽엇!"

가장 선두에 섰던 기갑 호위대 한 명이 마상 장검을 휘둘러 제논의 신형을 갈랐다. 하나, 제논의 신형은 이미 그곳에 없었다. 그에 살짝 눈을 찌푸린 선두의 기사였다.

뜨끔.

그때 느껴지는 따끔한 무엇이 있었다. 순간 기사는 눈이 갑자기 흐려지는 것을 느꼈다. 갑자기 자신이 왜 이러는 거지? 그런 의문이 그의 눈에 감돌았다. 자신의 몸임에도 불구하고 선두의 기사는 마음대로 몸을 움직일 수 없었다.

털썩!

말에서 한 명의 기사가 떨어져 내렸다. 수십 줄기의 검광이 허공에 떠 있는 제논을 향해 쏟아졌다. 그에 제논의 몸에는 흰색의 투명한 막이 생겨나며 다가오는 모든 검광을 막아내고 있었다.

티디디딩!

불꽃을 내며 튕겨져 나가는 검광. 제논이 펼쳐낸 흰 막에 막힌 후 그들의 손아귀에 전해져 오는 아릿한 통증에 눈을 껌뻑이는 기사들. 그리고 그러한 기사들 사이를 파고드는 날카롭고 차가운 창영(槍影).

"크하아악!"

비명 소리가 터져 나왔다. 차가운 미소를 지을 것만 같던 기사들의 입에서 터져 나온 것이었다.

그것이 시작이었을까? 제논을 공격했던 대부분의 이들이 눈을 부릅뜬 채 마상에서 굴러 떨어지고 있었다.

떨어진 기사들은 더 이상 움직이지 않았다. 이미 절명한 것이었다. 그에 크게 놀란 피엘 경이었다. 상대가 무엇을 어떻게 했는지 보지 못했다. 마나를 사용한 것 같지도 않았다.

다만, 흰 막과 시리도록 차가운 무엇을 느꼈을 뿐이다. 그런데 그를 공격한 여섯의 기사가 일시에 죽어나간 것이었다. 그는 직감할 수 있었다.

'강적이다!'

그 생각과 함께 피엘 경의 눈은 잔잔하게 흔들리며, 입에는 진득할 살소가 떠올랐다. 그는 흥분하고 있었다. 기묘한 쾌감이 전신을 휩싸고 돌았다.

"전력을 다한다! 죽엿!"

피엘 경의 명령에 말은 없었으나 기사들은 놀라고 있었다. 지금껏 자신들은 전력을 다해본 적이 없었다. 2백이라는 인원이 한 명을 협공해 본 적도 없고 말이다.

그런데 순식간에 여섯 동료를 잃고, 전력을 다하라는 말이 나왔다. 그에 그들 역시 가벼운 흥분을 느꼈다. 전력을 다할 수 있는 상대라니 말이다. 그들의 생각은 한결같았다.

'부디 오래 버텨주길.'

그러했다. 동료의 죽음이 가슴 아프기는 하지만 그렇다고 지금 느끼는 이 기분 좋은 흥분을 쉽게 가라앉히고 싶지는 않았다. 강자를 만났다는 이 무섭도록 가벼운 흥분을 말이다.

"캬하아앗!"

괴상한 외침이 터졌다. 사전에 경고 따위는 없었다. 이들은 실전을 위한 기사. 기사도니 혹은 귀족의 의무니 하는 것은 시궁창에 처박아 버린 지 오래다. 오직 눈앞의 강자를 죽이는 것만이 그들이 지금 가지는 삶의 목적이 되어버렸다.

쉬아아아앙!

비켜 막은 제논의 창과 엇나가는 기사의 마상 장검이 비켜나가며 날카로운 소리를 냈다. 그때 기사는 제논의 얼굴을 볼 수 있었다. 무심한 가운데 심연을 흔드는 한 줄기 차가운 미소를 말이다.

"끄륵!"

그것이 마지막이었다. 어느새 기사의 목에서는 피분수가 제논의 정면으로 뻗어 나오고 있었다. 하나, 피 분수는 제논을 맞출 수 없었다. 제논의 신형은 이미 그곳에 없었기 때문이다.

서걱! 털썩!

그 잠깐의 시간 동안 또 다른 이의 검이 제논의 신형을 꿰뚫었다. 하나, 이미 제논의 신형은 사라지고 없었기에 기사의 검은 동료 기사의 목을 베고 있었다.

흠칫 놀라는 기사였지만 그는 곧 안색을 바꾸고 제논을 찾았다. 동료는 이미 자신이 검을 휘두르기도 전에 죽었음을 알고 있었기 때문이었다. 동료를 베었다는 것은 문제가 되나, 지금은 죽은 동료가 문제가 아니라 적을 찾아 제거하는 것이 문제였다.

놈은 마치 미꾸라지처럼 움직였다. 유령 같았다. 베면 베는 대로, 물러나고 자르면 자르는 대로 연기처럼 사라졌다. 그리고 놈의 창은 무지막지하게 정확했다.

한 번 창을 휘두름에 정확하게 목이 갈라졌고, 한 번 창을 찌름에 가슴이 꿰뚫렸다. 창이 돌려지면 두서너 명의 동료가 진득한 피 분수를 뿜어내며 사라져 갔고, 사라졌다 나타나는 순간 반드시 한 명의 동료가 목숨을 잃어야만 했다.

기사들의 눈은 점점 충혈되어 갔다. 강자였다. 문제는 말도 안 되는 강자라는 것이었다. 그는 기사나 귀족이 아니었다. 적어도 싸움에 있어서는 말이다.

피하기를 주저하지 않았고, 숨기를 가리지 않았다. 간악하고 철저했다. 그림자보다 더 은밀했으며 빛보다 빨랐다. 그에 기사들은 심장이 터질 것 같았다.

죽어가는 동료를 보고 있음에 점점 심장에 혈기가 돌기 시작했고, 분함과 공포가 서서히 고개를 뻣뻣하게 세우기 시작했다. 좀체 흘려본 적 없던 진득한 땀이 눈을 파고들었고, 가쁜 호흡이 어깨를 들썩이게 만들었다.

콰직!

기사 한 명의 입이 떡 벌어졌다. 어느새 기사의 목 뒤에서부터 앞으로 창준(槍鐏)이 삐죽하게 튀어져 나왔다. 그 창준의 끝에는 검붉은 피 한 방울이 맺혀 있었다.

토오옥!

핏방울이 느릿하고 거대한 소리를 내며 떨어져 내렸다.

"우와아아악!"

어느 한 기사가 공포에 질렸는지 아니면 평소 친하게 알고 지내던 동료였던지 괴성을 질렀다. 그리고 제논의 신형을 가루로 만들어 버릴 듯 수없이 많은 검광으로 세차게 공격을 가해들었다.

"죽어! 죽으란 말이다! 크하하핫! 죽엇!"

그는 이미 제정신이 아닌 것처럼 보였다. 몇몇은 그런 기사의 모습에 눈살을 찌푸렸지만 결코 말리지 않았다. 아니, 그 기사의 무식한 공격을 이용해 제논에게 피해를 강요하고 있었다.

하나 그것은 그들의 바람일 뿐이었다. 그들을 바라보는 제논의 눈동자는 지극히 차가웠다. 마치 영혼이 없는 것처럼 말이다. 지금 누군가 있어 제논을 눈을 본다면 인간의 눈이 아니라며 치를 떨 정도였다.

실제 제논은 지금 아무런 감흥을 느낄 수 없었다. 살인에 대한 감정도. 동료를 잃은 기사들의 그 어떤 심정도 느낄 수 없었다. 마치 자신이 인간이 아닌 듯했다.

다가오는 검을 피하고, 창준을 찔러 넣었다. 수없이 많이 날아오는 검과 검 사이를 헤집고 다니면서 심장을 쪼개 버렸고, 이마를 관통하여 뇌를 온통 뒤집어놓았다.

검붉은 피가 진득하게 흘러 창영(槍纓)에 걸려 비처럼 사방으로 뿌려졌다. 비릿한 피내음이 훅하니 콧속으로 스며들었다. 하나 눈살을 찌푸릴 촌각의 시간도 없었다.

제논은 다시 움직여야 했다. 마치 기계처럼 전후좌우로 끊임없이 움직이며 아무런 감정도 없이 창영을 검붉은 핏물로 적셔야만 했다. 지극히 냉정한 그 모습에 기사들은 서서히,

아주 서서히 공포로 물들어갔다.

대적할 수 없는 적과 싸운 자들. 마치 벽을 향해 죽어라 고함을 치고, 부서지지 않는 거대한 바위를 향하여 끊임없이 도끼를 휘둘러 종내에는 힘들고 지쳐 스스로 분함을 못 이겨 하는 것처럼 기사들은 스스로의 약함에 분노하고 좌절했다.

"으흐흐흐. 제발 죽어라."

서걱!

답은 하나였다. 제논의 창에는 눈이 없었다. 2백이나 되던 기사들은 점점 줄어들고 있었다. 점점 숲의 공간이 많아지고 있었다. 전장에서 살아가는 전투마조차도 지독한 냉혈의 투기와 살기를 견디지 못하고 앞발을 높이 들어 사방으로 도망갔다.

말고삐에 발이 걸린 기사들은 비명을 질렀고, 이미 죽은 기사들은 시체조차 온전히 남기지 못하였다. 그리고 한순간, 마치 약속이나 한 것처럼 기사들이 뒤로 물러났다.

제논은 물러나는 그들을 잡지 않았다. 그들이 도망가는 것이 아님을 알기 때문이었다. 한곳에 모인 기사들. 그들의 수는 이제 겨우 오십을 넘기고 있었다. 3분의 2가 어느 순간 죽음을 맞이한 것이었다.

"묻자. 넌 누구냐."

참으로 담담한 피엘 경의 물음이었다. 담담하다 하나 그의 말 속에는 살을 에일 듯 지독한 살기가 머물러 있었다. 그에 제논의 입꼬리가 꿈틀거렸다. 웃는 것인지 혹은 무슨 말을 하려는 것인지 말이다. .

"제논 패트리아스."

"……!"

눈이 커졌다. 어떤 이는 입가를 잘게 떨었고, 어떤 이는 눈을 찢어질 만큼 크게 뜨거나 입을 벌리고 말았다. 정적이 감돌았다. 설마 직접 올 줄은 몰랐다. 그것도 단독으로 말이다.

"시작할까?"

먼저 입을 연 것은 바로 제논이었다. 더 이상 무슨 말이 필요할 것인가? 이미 적으로 만났고, 자신은 저들의 수많은 동료를 죽였지 않은가?

"강자에게 경의를."

피엘 경은 그리 말했다. 하나 그것은 결코 호의의 말이 아님을 제논은 잘 알고 있었다. 살아남은 오십 여의 기사가 제논을 둘러쌌다. 제논은 그러한 그들을 바라보지 않았다.

그 모습이 어찌나 오연한지 포위하는 기사들조차도 당연히 그래야 한다는 듯한 표정을 짓고 있었다. 기사들은 말 위에 타 오만하게 내려다보고 있으나, 그들은 철저하게 무시당하고 있었다.

오히려 한참이나 아래에 서 있는 제논이 그들을 오만하게 무시하고 있는 것 같았다. 한 명이 오십여의 기사를 압도하고 있었다. 그리고 제논은 무슨 생각을 해서인지 미묘한 미소를 살짝 머금더니 이내 서서히 신형을 들어 올렸다.

말 그대로 그의 신형이 떠올랐다. 그리고 마상에 자리하고 있는 이들과 동일한 시선을 가지게 되었을 때 그의 떠오르던 신형은 멈추었다. 그 모습에 잘게 떨리는 기사들의 시선이었다.

"마… 검사인가?"

"그렇게 보이나?"

한가했다. 당장에라도 검을 들어 심장을 갈기갈기 베어버릴지도 모를 상황에 피엘 경은 물었고, 제논은 한가롭게 답을 했다. 죽기 전 유희라도 하듯이 말이다.

"……."

말이 없는 피엘 경의 모습에 제논이 한가롭게 입을 열었다.

"정령이라고 들어봤나?"

"……!"

들어는 봤다. 정령. 하지만 그것은 전설일 뿐이었다.

"정령 소환(Summon Elemental), 운디네(Undine), 샐러맨더(Salamander), 실프(Sylfe), 노움(Gnome)."

제논은 사대 정령을 모두 불러내었다. 제논의 머리와 눈, 그리고 심장과 다리에서 희고, 푸르고, 붉고, 황금색의 빛이 터져 나왔다. 그 모습은 너무나도 신비로워 기사들의 눈은 경이로움으로 가득 차 있었다.

"엘리멘탈 마스터(Elemental Master)!"

부지불식간에 피엘 경의 입술을 뚫고서 흘러나온 말이었다. 그제야 피엘 경은 이해할 수 있었다. 이 말도 안 되는 무력을 말이다. 그리고 알 수 있었다. 코린 왕국의 국왕은 결코 건드리지 말아야 할 상대를 건드렸음을 말이다.

애초에 그는 제거하거나 견제 혹은 질시의 대상이 될 수 있는 존재가 아니었다. 이미 그는 하늘 위의 하늘이었고, 경계 밖의 존재였기 때문이었다. 그러한 그를 질시하고 견제하며 이용하려 한 것이었다.

'운이… 없었군.'

피엘 경은 검을 꾸욱 눌러 잡았다. 물러날 수도 돌이킬 수도 없었다. 오로지 전진하는 수밖에 없었다. 그리고 아주 잠깐 지금 밖의 상황에 대해서 궁금하다는 생각을 했다.

하지만 이내 고개를 저어 생각을 털어내 버렸다. 자신들은 철저하게 당한 것이었다. 도끼 돌격 부대를 단신으로 박살 낸 존재는 바로 자신의 눈앞에 있는 자일 것이다.

또한 눈앞의 존재를 믿고 적들은 자신들을 유인하는 작전을 세웠을 것이다. 자신들이 사라진 산채의 병력이 어떻게 되었을지 대충 알 수 있었다.

철저한 전략.

아마도 포위 작전일 것이다. 자신들은 이 산에서만큼은 무적이라 생각했다. 그 생각을 보기 좋게 무너뜨리는 적의 작전이었다. 어느 순간 그러한 것이 한눈에 들어오는 피엘 경이었다.

"부디 자비를⋯⋯."

자비를 바랐다. 그 자체가 말도 안 됨을 아는 피엘 경이었으나, 자비를 바랄 수밖에 없었다. 하나 돌아온 대답은 싸늘하기 그지없었다.

"그대들은 자비를 베풀었던가?"

제논의 말에 피엘 경의 시선이 자연스럽게 제논을 향했다. 어느새 제논은 피엘 경보다 더 높은 위치에 서 있었다. 조금 전에는 내려다보았고, 그 이후는 수평으로 보았고, 지금은 올려다보고 있었다.

제논은 오만하게 피엘 경을 내려다보고 있었다. 씁쓸한 미소가 피엘 경의 입가에 매달렸다. 자신 역시 자비를 베풀지 않았다. 파노라마처럼 스쳐 지나가는 지난 세월을 돌이켜 보건대 자비를 베푼 기억은 없었다.

스으윽!

축 처져 있던 제논의 창이 들어 올려지며 피엘 경의 심장을 향했다. 말이 필요 없었다. 이제 끝을 낼 때가 된 것이었다.

"죽엿!"

"챠하앗!"

오십여의 기사는 일제히 제논을 향해 쏘아져 나갔다. 그들을 바라보던 제논의 입가에 싸늘한 미소가 걸렸다. 그들이 지근거리에 접근했을 때 제논을 중심으로 눈부신 백색의 광망이 터져 나왔다.

파하아아앗!

그 눈부신 백색의 광망은 제논은 물론 오십여의 기사를 한꺼번에 집어삼켜 버렸다. 세상에 존재하는 모든 것을 삼켜 버리듯이 말이다.

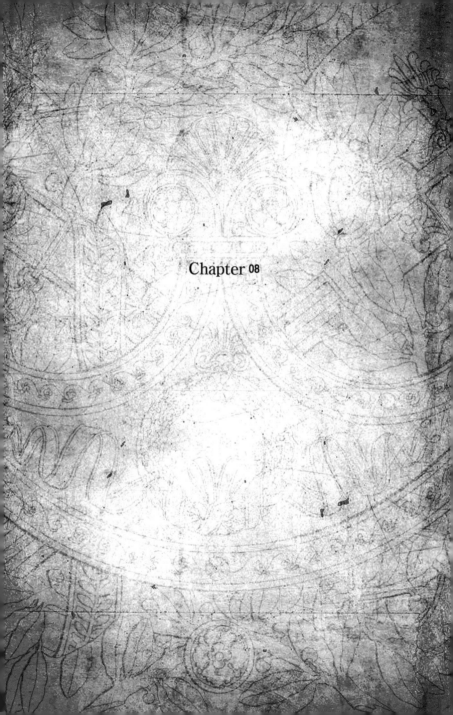

Chapter 08

"지금입니다!"

급박한 전투 와중에 와르셀 남작의 말이 칼라시니코프 토벌군 사령관의 귓등을 때렸다. 그의 시선이 전장을 향했다. 그리고 입이 열렸다.

"반저언! 반전하라!"

두우웅!

뿌우우웅!

전고와 뿔 나팔이 전장에 울려 퍼졌다. 그와 동시에 전투가 시작된 이후 지리멸렬하게 뒤로 밀리고 밀리던 패트리아스 백작 영지군은 어디서 그런 힘이 나왔는지 방패를 굳게 들고 형형한 눈빛을 내며 함성을 내지르기 시작했다.

"우와아아악!"

"방패! 방패 밀어!"

"돌겨억! 돌겨억하라!"

수적으로도 불리하고 산적들의 호위대에 부대가 반으로 쪼개진 상황에서 버티고 버티던 이들이 반격을 시작했다. 그리고 그 반격의 중심에는 칼라시니코프 토벌군 사령관이 있었다.

그는 지금까지 뒤로 물러나 전장으로 나서지 않았다. 패트리아스 백작을 주군으로 삼은 이후 첫 전투임에도 불구하고 참고 참았다.

그리고 마침내 그는 검을 뽑아 들고 말을 몰아 앞으로 전진해 나갔다. 기다란 적병들의 창이 심장을 노리고 쇄도했다. 그는 가볍게 마상 장검으로 그 창을 흘린 후 거침없이 적병을 베었다.

푸화아악!

뜨뜻미지근한 핏물이 얼굴을 덮쳤다. 비릿한 향이 코를 간질이고 있었다. 심장이 뛰고 전신의 피는 미친 말이 광야를 달리듯 날뛰기 시작했다. 그는 말고삐를 잡아당겼다.

히히히힝! 푸르륵! 푸륵!

자신을 태운 말이 화들짝 놀라며 앞발을 높이 치켜 올렸다.

"으, 으아아악!"

높이 치켜 올린 칼라리시니코프 토벌대 사령관 전마의 발굽에 두세 명의 적병이 기겁을 하며 뒤로 물러났다. 전마의 앞발은 그러한 그들을 향해 발굽을 내리쬈었다.

"커허억!"

비명 소리가 울렸다. 말발굽에 머리가 깨져 허연 뇌수가 진득하게 대지를 적셨다.

"히햐아~"

그때 칼리시니코프 토벌대 사령관의 입은 희한한 외침을 토해내었다. 그에 전투마는 앞으로 내달리기 시작했다. 칼라시니코프는 거칠고 험한 산속임에도 불구하고 말고삐를 놓아 버렸다.

말고삐를 잡고 있던 그의 왼손에는 어느새 마상 장검이 들려 있었다. 병사들을 베어가는 그의 눈은 지극히 차가웠다. 마치 허수아비를 베듯 아무런 감정을 가지지 않은 그런 모습이었다.

피가 튀고 살점이 달라붙었으나 칼라시니코프 토벌대 사령관은 결코 멈추지 않았다. 자신이 목표하는 곳에 도달하기 전까지 그는 끊임없이 두 개의 장검을 휘둘렀다.

그러한 그를 바라보는 병사들은 기가 질리기 시작했다. 그는 마치 도살자 같았다. 사람을 죽이는 도살자 말이다. 그러함에 그의 앞에 길이 트였다. 그의 길을 막는 이는 누구도 없었다.

카아아앙!

그리고 어느 순간 그의 걸음이 멈춰졌다. 붉은색 머리와 붉은색 수염을 기른 자가 그의 검을 막으며 무지막지한 진격을 멈추게 했다.

"누구냐?"

탁한 음성이 칼라시니코프 토벌대 사령관의 입 밖으로 흘러나왔다. 탁하고 갈라진 음성. 무감정한 눈동자. 얼굴과 전신의 핏물이 아직도 식지 않아 모락모락 김을 뿜어내고 있었다.

"네놈이 찾는 분."

그에 칼라시니코프 토벌대 사령관의 입에 잔인한 미소가 걸렸다. 작은 표정의 변화에도 불구하고 온통 검상으로 점철되어 있는 그의 얼굴은 마치 지옥의 마왕과 같이 변했다.

평소 담대하다 여기던 레드 스컬조차도 인상을 찌푸릴 정도였다. 꿈에 볼까 무서운 얼굴이었다.

"나는 코린 왕국 왕실 제2근위 기사단의 단장, 레드 스컬 던컨 헌트리스 자작이라고 한다."

레드 스컬은 자기소개를 했다. 이미 그는 패트리아스 백작 영지군이 자신들의 신분을 모두 파악하고 있다고 판단하고 있었다. 즉, 이들은 지금 자신들을 단순한 산적이 아닌 왕국의 정규 병력과 기사 혹은 귀족으로서 대하고 있다고 판단한 것이었다. 그러하기에 신분을 밝힌 것이었다.

그리고 중반까지 거침없이 밀어붙이던 전장의 상황이 어느 순간 갑자기 밀리기 시작했다. 매복도 없었고, 수적으로 압도할 수 있는 그런 병력이 아님에도 불구하고 말이다.

처음엔 몰랐다. 무언가 암계가 숨어 있을 것이라 조심에 또 조심을 했다. 그 결과 전장을 압도할 수 있었다. 하지만 그뿐이었다.

전투가 후반에 접어들었을 때, 호위대가 사라졌다. 어떻게 사라졌는지 모르지만 레드 스컬의 시야에서 사라졌다. 그와 함께 패트리아스 백작 영지군은 대대적인 반격을 시작하기 시작했다.

기실 밀리고 있다고는 했지만 패트리아스 백작 영지군이 입은 피해는 극히 미미했다. 초반 호위대에 입은 피해를 제외하고 그들은 밀릴 뿐 피해를 최소화하고 있었던 것이었다.

그것을 알고 적의 지휘관들을 찾아 제거하려 했지만 이미 상황은 점점 역전이 되어가고 있었다. 튼튼한 방어와 한 치의 틈도 없이 맞물려 가는 그들의 진영은 결국 전장의 상황을 역전시켰으며, 지금은 여실히 밀려나고 있는 국왕군의 병력이었다.

"패트리아스 백작 각하의 휘하에 있는 남부 산적 토벌대 사령관 미하일 칼라시니코프 남작."

칼라시니코프 남작의 입이 열렸다. 그에 헌트리스 자작의 얼굴이 놀람으로 가득 찼다. 어찌 칼리시니코프 가문을 모를까. 패트리아스 백작 가문을 이은 코린 왕국의 검이자 방패였고 자존심이었다. 멸문당하고 단 한 명의 직계가 살아남지 않았다는 그 칼라시니코프 가문의 직계가 바로 자신의 눈앞에 있는 것이었다.

"어찌……."

명한 표정으로 입을 여는 헌트리스 자작. 그러한 헌트리스 자작을 바라보며 여전히 무표정하지만 꿈틀거리는 미묘한 미소를 짓고 있던 칼라시니코프 남작이 입을 열었다.

"복수를 위하여……."

그 한마디가 모든 것을 결정했다. 그리고 모든 것을 대변했다. 복수였다. 왕국을 제대로 다스리지 못한 국왕에 대한 복수. 귀족의 권리와 의무를 스스로 저버리고 권력과 금력에 아부하는 귀족에 대한 복수.

기실 패트리아스 백작이나 칼라시니코프 남작의 복수는 단순한 복수가 아니라 할 것이다. 한 왕국의 흥망성쇠를 결정짓는 그러한 복수라고 할 수 있었다.

모든 이는 그것을 알고 있었다. 하지만 외면했다. 멀리 가기 위한, 새롭게 바뀌기 위한 노력의 고통보다는 당장 눈앞에 펼쳐진 산해진미와 꿀처럼 단 권력의 향기에 취해 있기 때문이다.

헌트리스 자작은 검 끝으로 칼라시니코프 남작을 가리켰다. 그리고 외쳤다.

"코린 왕국을 위하여!"

그는 칼라시니코프 남작을 검으로 가리킨 채 그대로 돌진했다. 칼라시니코프 남작 역시 한마디를 외쳤다.

"복수를 위하여!"

둘은 서로를 향해 내달렸다. 급격하게 가까워지자 헌트리스 자작의 검에서 눈부신 섬광이 토해져 나왔다. 그와 동시에 칼라시니코프 남작의 검에서도 헌트리스 남작의 것보다 조금 더 진한 섬광이 터져 나왔다.

그리고 부딪혔다. 섬광과 섬광, 검과 검, 헌트리스 자작의 손과 칼라시니코프 남작의 손이 부딪혔다.

콰콰과가가쾅!

귀청을 찢을 듯한 굉음이 울리고, 눈을 멀게 할 것 같은 빛의 덩어리가 폭사되었다. 병사들은 그 소리에 귀를 막고 뒹굴었고, 비명을 지르며 두 손으로 눈을 가렸다.

그리고 들려오는 커다란 비명 소리.

"크하아악!"

빛과 굉음이 사그라들 즈음 하나의 붉은색이 훌훌 날아 튕겨져 나가고 있었다. 바로 헌트리스 자작이었다. 그의 모습은 처참하기 그지없었다. 평생을 같이했던 그의 검은 산산조각이 나 검병만 남아 있었다.

검을 잡고 있던 손과 그의 팔은 무수한 파편에 의해 너덜너덜해진 상태였다. 입에서는 검붉은 핏물이 흘러내리고 있었다.

"우웩!"

그런 그가 대지에 부딪힌 끝에 몸을 가누기 위해 일어서려 토악질을 해댔다. 그의 토악질 속에는 끊어진 내장 조각이 섞여 있었다. 이런 비현실적인 상황에 충격을 먹었음인지 각혈에 가까운 토악질을 물끄러미 바라보는 헌트리스 자작이었다.

척!

그때 언제 다가왔는지 날카롭고 서늘한 감각이 목에서 느껴졌다. 그는 움찔 몸을 떤 후 체념한 듯 창백한 빛을 뿌리며 자신의 목에 대어져 있는 검의 주인을 쫓았다.

둘의 시선이 마주쳤다. 그저 서로를 바라볼 뿐 어떠한 말도 없었다. 그러다 문득 헌트리스 자작의 피 묻은 입가가 일그러졌다. 그것은 분명 웃음이었다. 비웃음도 아니었으며, 살려달라는 듯 애원하는 웃음도 아니었다.

칼라시니코프 남작은 그러한 헌트리스 자작의 웃음의 의미를 알 것도 같았다. 그도 기사이고 자신도 기사이며, 그도 귀족이고 자신도 귀족이었다. 그리고 이 시대를 살아가고 있는 한 명이었으니 자신의 심정과 다를 바 없는 웃음일 터였다.

"잘 가시오."

촤화아악!

그 말을 끝으로 칼라시니코프 남작의 서늘한 검이 빗살처럼 움직였다. 미묘한 웃음을 띠고 있던 헌트리스 자작의 목이 허공으로 떠오르며 검붉은 핏물이 대지를 적셨다.

투둑!

허공에 떠올랐다 떨어진 헌트리스 자작의 목. 그 목은 웃고 있었다. 그러한 헌트리스 자작을 바라보던 칼라시니코프 남작은 가볍게 자신의 마상 장검을 털었다.

그리고 전장을 훑어보았다. 전투는 아직 계속되고 있었다. 하지만 이미 전세는 완연하게 굳어져 가고 있었다. 그러한 전장을 둘러본 칼라시니코프 남작의 시선이 먼 산봉우리를 바라보았다.

그가 바라보는 산봉우리. 그곳에서 반짝이는 빛이 그의 두 눈동자를 통해 전해져 오고 있었다.

'상대를 잘못 골랐음이야.'

칼라시니코프 남작의 눈동자는 그렇게 말을 하고 있었다. 대체 누구에게 하는 말인지는 모르겠으나 그의 눈동자는 분명 그렇게 말을 하고 있었다. 그가 바라보는 산봉우리.

그곳에도 일단의 인원들이 있었다. 하나, 그들의 모습은 실로 처참하기 그지없었다. 열댓 명의 인물이 핏물을 게워내며 혹은 질퍽한 핏물 속에 잠겨 꺼져가는 생명을 붙잡으며 애원하는 눈동자로 한 명의 사내를 바라보고 있었다.

"사… 살려……."

그들이 바라보는 곳. 그곳에는 제논이 위치하고 있었다. 그들은 간절했으나 제논의 눈동자는 지극히 무심했다. 아니, 지극히 분노하고 있었다.

"재미있던가? 사람이 사람을 죽이는 것이 재미있던가?"

그렇다. 이들은 코린 왕국 국왕의 특사였다. 전투 상황을 마법 영상구에 담아 국왕에게 전달하는 임무를 맡고, 산적을 가장한 이들의 행동을 감찰하는 역할을 띤 이였다.

제논은 그러한 그들을 급습했다. 어차피 찾아갈 국왕에게 먼저 선물을 보내는 의미로 말이다. 아마도 지금 코린 왕국의 국왕은 놀라거나 혹은 불만이 가득할 것이다.

전투의 영상이 갑자기 끊겼기 때문이다. 제논은 호위대를 제거한 직후 이들을 감지할 수 있었다. 그리고 한쪽 구석에서 벌벌 떨며 입만 뻥긋거리는 귀족 한 명을 제외하고는 모두 목숨을 끊어놓고 있었다.

"구, 국왕 전하의 엄명이셨소."

"웃기는군. 국왕의 명이면 죄 없는 왕국민을 도륙하라 해도 하겠다는 말이로군."

"그, 무슨……."

"그렇지 않은가? 귀족은 왕국의 신민이 아니던가? 본작은 분명 국왕의 아래에 있는 귀족일 것이다. 저들 또한 국왕의 명을 받은 이들일 것이다. 똑같이 국왕을 섬기거늘 그들을 서로 싸움 붙이고 희희낙락하며 웃고 있는 것은 무슨 연유인가?"

"……."

제논의 말에 결국 입을 닫고 마는 귀족이었다. 틀린 말이 하나도 없으니 어찌 말을 내뱉을 수 있겠는가? 물론 반박할 수도 있을 것이다. 하나, 그럴 수 없었다.

지금 이 자리에서 포식자는 자신이 아니라 바로 제논 패트리아스 백작이었기 때문이었다. 죽음이 두렵고, 지금 자신이 처한 상황이 공포스럽고 수치스러웠다.

하나 목숨 앞에서는 어떠한 자존심도 내세울 수 없음이었다. 그저 들을 뿐이었다. 이를 부드득 갈아 젖히면서 말이다.

"국왕에게 전하라. 찾아가겠다고. 할 말이 많다고."

말을 마치 제논은 걸음을 돌려세웠다. 그리고 이내 귀족의 시야에서 사라졌다. 귀족은 한동안 아무런 행동도 하지 않고 그대로 있었다. 그러다 문득 눈알을 굴리기 시작했다.

귀족은 긴 한숨을 토해내더니 이내 자신의 목을 쓰다듬었다. 그리고는 웃었다.

"흐흐흐. 미친놈."

그러면서 그가 집어 든 것은 아직 깨지지 않고 마나의 공급이 이루어지고 있는 마법 영상구였다. 마법 영상구에는 처음부터 지금까지의 모든 상황이 저장되어 있었다.

"넌 반드시 내 손으로 죽일 것이다. 흐흐흐."

그렇게 말한 귀족은 질척이는 핏물을 밟으며 자리를 벗어났다. 단순히 문관 귀족은 아니었는지 그의 움직임은 아직 완전히 회복되지 않아 비틀거리기는 하나 신속했다.

귀족이 완전히 자리를 벗어나 신형이 전혀 보이지 않을 즈음 한 명의 인물이 그곳에 나타났다. 다름 아닌 제논이었다. 분명 귀족의 눈앞에서 사라졌으나 그는 다시 모습을 드러내고 있었다.

제논은 귀족이 사라진 쪽을 바라보더니 축 늘어뜨린 창을 어깨에 턱 걸쳤다. 그리고 느긋하게 그 방향으로 걸음을 옮겼다. 느긋하게 걸음을 옮겼다고는 하나 이미 인간의 경지를 넘어선지라 마치 공간과 공간을 접듯이 사라지고 있었다.

귀족은 그것을 모르고 있었다. 그는 전장의 상황이 어떻게 되었는지는 전혀 신경 쓰지 않았다. 오로지 자신에게 이런 수치스러움을 전해준 패트리아스 백작에 대한 악의 감정만 가진 채 지칠 줄 모르고 왕성을 향해 달려갈 뿐이었다.

"허억, 후욱!"

끊임없이 내달렸다. 귀족가의 자식으로 태어나 지금까지 살아오면서 이리 전심전력으로 마나를 사용한 적은 없었다. 정신이 아찔해지고 심장이 답답해질 정도로 마나를 운영하여 달리고 달려 그는 마침내 왕성에 도달할 수 있었다.

그리고 곧바로 코린 왕국의 지존인 국왕을 만날 수 있었다.

"그러니까 이 수정구에 모든 것이 담겨져 있다는 말이오?"

"그러하옵니다."

"흐음. 하면, 전투의 끝은 보지 못했겠구려."

"그. 그것이⋯⋯."

국왕의 물음에 당황하는 귀족이었다. 분명 자신에게 내려진 임무 중에 하나는 전장 상황에 대한 보고도 있었다. 순간 귀족은 무언가 이상한 위화감을 느낄 수밖에 없었다.

"임무를 완수하지 못했구려. 하나, 귀작의 투철한 사명감을 높이 사⋯⋯."

국왕의 말에 귀족의 얼굴에는 안도의 빛이 떠올랐다. 하나 그 순간 귀족은 자신의 목이 뜨끔하다는 느낌이 들었다.

"편안한 죽음을 내리겠소."

툭! 데구르르르!

귀족의 목이 힘없이 국왕의 집무실 바닥을 검붉은 핏물을 질척하게 적시며 굴러 떨어졌다.

"치우도록!"

무감정하게 말을 하는 국왕의 명에 기사는 지체 없이 움직였다. 국왕의 표정에는 짜증스러움이 묻어나 있었다. 그리고 자신의 책상 위에 올려져 있는 마법 수정구를 바라보았다.

지금 이 순간 국왕의 얼굴은 음험해 보였다. 희끗해진 머리. 얄팍하게 들어간 볼. 검게 내려앉은 다크서클이 현재 국왕의 상태를 말해주는 듯했다.

국왕은 잠시 물끄러미 수정구를 바라보더니 이내 손을 들어 그것을 쓰다듬었다. 왕국의 왕실 마탑에서 만든 수정구. 국왕의 피에만 반응하는 수정구였다.

따끔.

어느 순간 국왕은 자신의 검지 끝에 따끔한 느낌을 받았다. 국왕의 손끝에 검붉은 핏방울이 맺혔다. 그리고 그 핏방울은 마치 물에 스며들듯 수정구 속으로 스며들기 시작했다.

후우우웅!

잠시 후.

수정은 무거운 신음을 토해내며 허공에 영상을 쏘아내기 시작했다. 그리고 자신의 집무실에서 죽은 귀족이 헬카드산에 도착했을 때부터의 상황을 빠르게 보여주고 있었다.

한참의 시간이 흘렀다. 하늘에 걸렸던 태양은 이미 사라지고 달이 떠오를 때쯤 영상구에서 흘러나오던 짙은 녹색의 영상은 점점 이지러지며 흐릿해지기 시작했다.

그리고 영상구는 마침내 더 이상 작동하지 않았다. 어느새 어린아이 팔뚝만 한 촛대에 불이 붙어 국왕의 집무실을 밝히고 있었다.

"놈! 감히……."

음침하면서도 위험한 목소리가 국왕의 입에서 흘러나왔다. 경고를 보내고 있었다. 일개 백작이 코린 왕국의 지존인 자신에게 말이다. 그에 국왕은 분노하고 있었다.

"크크큭. 그래, 그렇단 말이지. 이미 알고 있었단 말이지?"

그러다 다시 웃었다. 분노하다 웃고, 멍하니 집무실의 천장을 보다 또다시 분노하고. 그러기를 반복했다. 그러다 국왕은 자리에서 일어나 창문 쪽으로 걸음을 옮겼다.

휘영청 밝은 달이 온 세상을 비추고 있었다. 오늘따라 유난히 밝고 커 보이는 달이었다. 그러한 달을 바라보며 쓴웃음을 짓고 있는 국왕이었다.

그의 감정은 뜨거운 물이 끓듯이 변덕스럽게 변하고 있

었다.

"조금 이르긴 하지만 뭐…… 잘 버텨준 상을 줘야 하긴 하
겠지. 감히 과인에게 이빨을 드러낸 값은 충분히 치르고 말이
야."

그렇게 결정을 내린 코린 왕국의 국왕이었다. 모든 것은 자
신의 의지대로 움직여야 한다. 모든 것은 자신의 아래에 존재
해야만 했다. 이 왕국에서 오직 오롯한 이는 바로 자신이어야
만 했다.

그런데 그러한 자신에게 이빨을 드러낸 자를 그냥 둘 수는
없었다. 그냥 둔다면 분명 헤밀턴 공작 가문이나 오브레임 후
작 가문과 같이 될 것이니까. 미연에 방지해야만 했다.

그에 새하얀 이빨을 드러내며 섬뜩한 미소를 지은 국왕은
거대한 창문 옆으로 달린 줄을 잡아당겼다. 누군가를 부를 때
잡아당기는 호출용 줄이었다. 그리고 얼마 지나지 않아 집무
실의 문이 열리는 소리가 들렸다.

"누군가?"

"……."

들어왔음에도 아무런 소리가 들려오지 않자 국왕은 뒤를
돌아보지 않은 상태에서 다시 물었다. 하나 여전히 답이 없었
다. 그에 국왕은 조금 이상한 생각이 들었다.

평소와는 조금 다른 분위기였기 때문이다. 그것을 느낀 국

왕은 아주 천천히 몸을 돌려 집무실의 문 쪽으로 시선을 두었다. 그리고 눈이 점점 커졌다.

국왕의 눈에 비친 인물. 백발에 적당한 키의 사내. 바로 제논이었다. 그는 어떻게 들어왔는지 일국의 왕의 집무실임에도 불구하고 커다란 창을 어깨에 턱 걸치고 있었다.

"그대는……."

국왕은 알 수 있었다. 그가 누군지 말이다. 그리고 왜 왔는지도 직감적으로 알 수 있었다. 국왕의 눈이 잘게 떨렸다. 그리고 창문 옆에 비치되어 있는 줄을 잡아당기려 했다.

서걱! 툭!

줄이 잘려 나갔다. 도저히 창이 닿을 거리가 아니었음에도 불구하고 창문에 달린 줄이 예리하게 잘려 나가 바닥에 나뒹굴고 있는 것이었다.

"할 말이 있어 왔습니다."

약간은 불안하고 약간은 혼란스러운 모습의 국왕을 바라보며 제논은 담담하게 말을 했다. 하나, 그 담담함이 오히려 국왕을 더욱 옥죄어 왔다. 어느 누가 대화를 하기 위해 무기를 들고 찾아올까?

국왕은 크게 호흡을 했다.

'결코 과인을 죽일 수는 없을 것이다.'

국왕은 그렇게 확신했다. 그리고 또 하나는 이곳은 자신이

기거하는 왕성이라는 것이다. 어느 미친놈이 국왕이 머무는 왕성에 들어와 왕을 시해할 것인가?

하지만 그는 모르고 있었다. 제논은 애초에 창을 들고 아무도 모르게 국왕의 집무실에 들어섰음을 말이다. 그는 지금의 상황을 스스로에게 맞게 재조명하고 있을 뿐이었다.

그러하기에 국왕은 빠르게 원래의 신색을 되찾을 수 있었다. 국왕은 걸음을 옮겨 집무실의 푹신하고 잘 제련된 의자에 엉덩이를 걸쳤다. 그리고 입을 열었다.

"왔으니 앉게. 불시의 면담이라 내어줄 차가 없는 것이 아쉽구려."

진정 아쉬운 것인지 아닌지는 모르나 어쨌든 국왕은 비교적 여유롭게 제논을 대하고 있었다. 제논은 고개를 끄덕이며 국왕의 맞은편 의자에 앉았다.

제논이 고개를 끄덕인 이유는 왕국을 잘 다스리든 아니든 간에 국왕이라는 자리가 결코 아무나 할 수 있는 자리는 아니라는 것을 느낄 수 있었기 때문이다.

보통의 귀족 혹은 보통의 사람이라면, 혼자만 있는 공간에 자신을 죽일 수 있는 무기를 들고 들어왔다면 분명 놀라거나 호들갑을 떨었을 것이 분명하기 때문이었다.

하지만 국왕은 그러지 않았다. 자신감일 수도, 자만심일 수도 있었으나 어찌 되었든 그는 일국의 국왕인 만큼 빠르게 신색을 회복하고 오히려 여유를 가장하고 있었다.

자리에 앉은 제논은 앞뒤 말을 자르고 단도직입적으로 물었다.

"왜 그러셨습니까?"

"……?"

그 물음에 도통 무슨 뜻인지 모르겠다는 듯 의문의 눈으로 제논을 바라보는 국왕이었다. 하나, 이미 그는 짐작하고 있을 것이다. 몇십 년을 정장에서 살아남았고, 헤밀턴 공작 가문과 비등한 세를 유지하기 위해 갖은 노력을 다해온 인물이기 때문이었다.

제논은 말없이 아직도 무슨 이야기인지 모르겠다는 듯이 자신을 바라보는 국왕을 쳐다보고 있었다. 두 사람의 시선 속에 숨어든 기세 싸움은 그렇게 시작되었다.

한 명은 당대의 귀족들을 마음대로 주무르고 권력의 틈바구니에서 살아남은 백전노장의 국왕이었고, 한 명은 이제 갓 귀족 세계에 발을 들여놓은 신출내기 귀족이었다.

하나, 그 대결은 결국 신출내기 귀족이 이겼다. 미동조차 보이지 않는 제논의 태도에 오히려 기가 질려 버린 국왕이었다. 도대체 어떤 생각을 하는지 짐작조차 할 수 없는 얼굴과 눈동자였다.

"과인은……."

기어코 먼저 입을 여는 코린 왕국의 국왕이었다. 처음의 기세 싸움에 밀렸으면서도 마치 아무 일 아니라는 듯이, 아니, 오히려 이럴 때는 신분과 권력 그리고 힘의 우위에 있는 자가 아량을 베풀어야 한다는 듯이 말이다.

"이 왕국의 오롯한 국왕이고 싶소."

"차라리 처음부터 그리 말하지 그러셨습니까?"

제논의 말에 코웃음을 짓는 국왕이었다. 마치 비웃듯이.

"훗! 웃기는군. 그대가 누군지 알아서? 겨우 멸문한 패트리아스 가문의 장자라는 것 하나로? 귀작이 과인의 사람인가?"

"처음은 그렇다 할 수 있을 것입니다. 하나, 이후는 왜 그러셨습니까? 분명 소작은 국왕 전하에게 충성을 맹세했습니다. 비록 명분뿐인 맹세이기는 했으나 국왕 전하께서 의지를 보였다면 의지에 동조할 수 있었을 것입니다."

서로의 입장 차이가 극명하게 보여지고 있었다. 국왕의 말도 맞았으며 그에 응대하는 제논의 말도 맞았다. 국왕은 세상에 믿을 놈 하나 없다 생각하고 있었고, 제논은 아무리 계약적인 관계라 하나 지속적인 관심은 곧 힘이 될 수 있음을 말하는 것이었다.

"과인은! 존재 자체로 이 왕국의 국왕이라. 어찌 과인의 아래 서 있는 그대들에게 심중을 밝힌다는 말인가? 과인이 도움을 줄 수는 있으나 도움받지는 않는다. 그것이 지존의 위치이다."

"……."

당당하게 말을 하는 국왕의 모습을 조용히 바라보고 있는
제논이었다. 그는 지금 깨달았다. 국왕은 이미 자신과 같이
갈 생각을 하고 있지 않음을 말이다. 생각이 같지 않은데 어
찌 같은 곳으로 동행할 수 있단 말인가?

제논은 의자를 뒤로 밀며 자리에서 일어났다. 그리고 국왕
을 내려다보며 입을 열었다.

"본작이 온 것은 경고를 위해서요."

제논의 말투가 변했다. 이미 같이 갈 수 없는 존재. 같이 갈
수 없다면 어차피 적이었다. 손을 내밀었으나 같이 갈 생각이
없다 하여 손을 치워 버린 국왕이니 예의를 차릴 필요가 없는
것이었다.

"경고? 경고란 말이지?"

"그렇소."

"오만하구나. 과인이 너의 가문을 복권시켰다. 한데, 그
은(恩)을 원(怨)으로 갚는다는 말인가? 머리를 조아리고, 허
리를 숙이지 못할망정 칼을 턱 밑으로 들이미는 것인가?"

여전히 분노한 국왕이었다. 자신만의 생각에 빠져 상대의
입장을 전혀 고려치 않고 있었다. 그러한 국왕의 모습을 보
며 제논의 무표정했던 얼굴에 새하얀 미소가 잔인하게 매달

렸다.

"은이라. 국왕은 진정 나에게 은을 베풀었소? 내 보기에 본작의 가문을 복권시킨 것은 국왕의 사사로운 욕심. 즉, 헤밀턴 공작 가문의 도발을 막아내고, 그들의 시선이 본작에게 쏠렸을 때 귀족들을 포섭하기 위한 방패막이가 아니었던가?"

제논의 말에 찔끔하는 국왕이었다. 자신의 의도를 너무나도 정확하게 파악하고 있는 제논이기 때문이었다. 결과적으로 가문이 복권된 것은 맞지만 그 내면을 들여다보면 맹수에게 고깃덩어리를 던져준 꼴이나 마찬가지니까 말이다.

"그렇다 하더라도 가문의 복권이라는 것은 은이라 할 수 있다."

"그것은 인정하오. 하나, 그 은은 지난 2년 동안 귀족파들의 시선을 한데 모아주고, 본 영지의 재물을 강탈한 것으로 충분히 갚았다 생각하오."

말투가 점점 변해가고 있었다. 하나, 국왕은 그것을 전혀 느끼지 못했다. 마치 당연하다는 듯이 받아들이고 있었다. 그리고 제논의 말은 그의 얼굴을 충분히 일그러뜨리고 있었다.

그는 지금 정신이 혼미할 정도로 분노하고 있었다.

"무엄하구나. 어찌 일개 귀족이 국왕의 면전에서 그런 말을 입에 담는단 말인가? 귀족의 본분을 잊은 것인가? 네놈의 목숨 값이 겨우 그 정도였더냐?"

국왕은 제논이 무슨 말을 하는지 알고 있었다. 하나 표를 낼 수 없었다. 밀려서도 아니 되었다. 당당하게, 그리고 기세를 몰아 다그쳐야만 했다.

"내 목숨 값이 아니라 국왕이 가진 말의 무게요."

"……"

자신의 말의 무게라는 대답에 할 말을 잃어버린 국왕이었다. 그때 제논의 어깨에 걸려 있던 창이 슬쩍 내려왔다. 그 창두는 국왕을 가리켰다.

"이건… 무엇을 의미하는 것이냐."

"돌이킬 수 없다는 것이오."

"과인을 죽이겠다는 것이냐?"

"분명 말했소. 경고라고. 그리고 본작이 내뱉은 말의 무게는 국왕의 말처럼 가볍지 않소."

"이이……"

얼굴이 시뻘게지는 국왕이었다. 치욕이었다. 일개 백작에게 이런 치욕을 당하다니. 국왕은 어찌나 분한지 정신이 아득해짐을 느끼고 있었다. 그때 국왕의 눈에 한 줄기 섬광이 보였다.

"커허억!"

섬광이 국왕의 어깨를 꿰뚫고 지나갔다. 국왕은 절로 고통에 찬 신음을 내뱉을 수밖에 없었다. 평생 동안 육체적인 아품이라는 것을 모르고 살아온 국왕이었다.

기사에게 죽음을 강요하고 눈 밖에 난 귀족들의 목을 가차 없이 베어 효수시켰으나 정작 그 자신은 단지 어깨가 꿰뚫리는 고통에도 비명을 지르며 안색이 창백하게 변해 부들부들 떨고 있었다.

"도발하지 마시오. 관여치 않는다면 헤밀턴 공작 가문과 그를 따른 귀족들을 제거해 줄 것이오. 그리고 본작은 이 왕국에서 사라질 것이오."

"크으윽. 어찌 믿는다는 말이더냐? 왕국의 지존인 과인의 어깨를 꿰뚫은 불충한 그대의 말을 어찌 믿는다는 말이더냐?"

"본작의 말은 그리 가볍지 않소. 비록 한 왕국의 지존은 아닐지라도 말이오."

제논의 말에 피가 철철 흐르는 어깨를 짓누르며 고통에 찬 신음을 하는 와중에도 국왕의 얼굴은 흉신악살처럼 일그러지고 있었다.

"살아남지 못할 것이다. 이곳을 벗어나는 순간. 너는 반드시 내 손에 죽을 것이다."

국왕은 하지 말아야 할 말을 기어코 내뱉었다. 죽이겠다는 말이었다. 그러한 국왕의 말에 제논은 하얀 웃음을 떠올렸다. 보기에 따라 무척이나 섬뜩하게 느껴지는 그런 웃음이었다.

"그렇다면 어쩔 수 없구려."

몸을 돌려 세워 집무실을 나가려던 제논이 다시 국왕이 있는 곳으로 몸을 돌려세웠다. 순간 국왕의 얼굴은 창백해졌다. 제논의 눈에서 살의가 느껴졌기 때문이었다.

"네, 네놈이……."

"여기에 본작이 온 것은 누구도 모른다. 국왕을 죽인다 해도 그 범인이 나라는 것은 모르겠지. 기껏 추측할 수 있는 것은 역시 헤밀턴 공작 가문이겠지."

제논의 말에 침음성을 삼키는 국왕이었다. 미처 그것을 생각하지 못했다. 그가 어떻게 이곳에 들어왔는지, 그리고 그가 들어왔음에도 불구하고 왕성은 여전히 고요하기 그지없다는 것을 말이다.

"꿀꺽!"

국왕은 기어코 마른침을 삼키고야 말았다. 뒤늦게 깨달은 것이었다.

"으어… 억! 쿡!"

제논의 손에 들려 있던 창이 빗살이 되었다. 그리고 거침없이 국왕의 심장을 꿰뚫어 버렸다.

"못 죽일 줄 알았던가?"

자신의 심장을 찌른 제논의 창을 부여잡고 부들부들 떠는 국왕이었다. 제논의 창은 국왕의 심장을 뚫고 등 뒤까지 삐죽하게 솟아나 있었다. 국왕은 믿을 수 없다는 눈으로 제논을 바라보았다.

쑤우욱! 푸화아악!

제논은 일말의 감정조차 담기지 않은 모습으로 국왕의 심장에 박혀 있던 창을 빼 들었다. 그에 국왕의 심장에서는 검붉은 피분수가 뿜어져 나왔다. 국왕은 허겁지겁 자신의 가슴에서 뿜어져 나오는 피분수를 두 손으로 막았다.

하나, 막는다고 막아지는 것이 아니었다.

"아… 돼에~ 아……."

국왕은 정신이 없었다. 그런 국왕을 무표정하게 바라보는 제논이었다.

"살 수 있을 것이다. 5분 이내로 국왕이 발견된다면 말이지. 그리고… 이제 국왕과 나는 완벽하게 적이 된 것이겠지. 살아난다면 말이지."

그렇게 말한 제논의 모습이 순식간에 국왕의 시야에서 사라졌다. 국왕은 뿜어져 나오는 핏줄기를 막으면서도 필사적으로 누군가를 부르고 있었으나 입 밖으로 나오는 소리는 없었다.

국왕은 기었다. 집무실 밖에 대기하고 있는 기사들에게만 가면 되니까. 5분 이내로 가면 살 수 있으니까. 하지만 평소에는 열댓 걸음이면 잡을 수 있었던 집무실의 문은 너무나도 멀었다.

"후아악. 후허억! 사… 살려……"

기어가는 곳을 따라 쏟아져 나온 피가 그의 몸에 쓸려 긴 상처를 남기고 있었다. 그의 얼굴은 창백함을 지나 푸른색이 비쳐 들었고, 기어가는 그의 손과 팔은 부들부들 떨리고 있었다.

그리고 멀고 먼 거리를 기어서 집무실의 문 앞에 이르렀을 때 그의 눈에 비치는 무언가가 있었다. 국왕은 힘겹게 고개를 들어 그 무언가의 주인을 바라보았다.

보이지 않았다. 왠지 모르게 웃음이 나온 국왕은 힘겹게 몸을 뒤집어 자신을 내려다보고 있는 인물을 바라보고 있었다. 두 명이었다. 두 명 모두 익히 잘 알고 있는 자였다.

한 명은 시종장인 알폰소 쿠아론 백작이었고, 그의 옆에 있는 자는 헤밀턴 공작 가문의 개라 일컬어지는 오브레임 후작이었다. 그 둘을 바라보던 국왕의 눈가는 잘게 떨렸다.

코아론 백작.

자신을 어렸을 적부터 키워왔던 가장 믿을 만한 측근 중에 측근. 그러한 그가 오브레임 후작과 같이 이 자리에 있다는 것이 대체 무엇을 의미하는지 잘 아는 국왕이었다.

갑자기 헛웃음이 지어졌다. 여전히 비릿한 향이 그의 코를 간질이고 있었고, 너무 많은 피를 흘렸는지 아득해지는 느낌을 받고 있는 국왕이었다.

"허어억! 후어억! 왜애⋯⋯."

왜 왔느냐는 말일 것이다. 이 모습을 보기 위해 왔느냐 물은 것일 게다. 어떻게 둘이 같이 왔는지 알고 싶어 하는 것일 게다. 하나, 그 수많은 질문 중 단 하나도 입 밖으로 낼 수 없는 국왕이었다.

그때 오브레임 후작의 얼굴이 급격하게 확대되었다. 그리고 그의 얼굴이 멈춰 섰다. 그리고 아주 조용한 말이 귓등을 때렸다.

"살 수 있다. 살려주마. 무엇을 줄 텐가?"

살 수 있다는 말에 국왕의 눈이 찢어질 듯 부릅떠졌다. 심장이 박살 났다. 그런데 살 수 있다 했다. 이것저것 생각할 겨를 없었다.

"⋯⋯무엇⋯ 후우욱⋯ 이든⋯⋯."

국왕의 말에 오브레임 후작은 환하게 웃었다. 그러자 날카로운 송곳니가 보였다. 갑자기 싸늘하게 피가 식는 것 같은 느낌을 받은 국왕이었다.

'이 차가운 느낌은 대체⋯⋯.'

국왕은 그리 생각했다. 하나, 그 의문을 풀기 위해서는 일단 살아야만 했다. 살 수 있다고 했으니 살려줄 것이라 생각했다. 자신은 효용 가치는 상당하니까 말이다.

그때 날카로운 송곳니를 가진 오브레임 후작의 입이 그의 동공 가득히 채워졌다.

와직!

"크으윽!"

오브레임 후작의 송곳니가 국왕의 동맥을 뚫고 들어왔다. 순간 국왕은 전신의 피라는 피는 모두 싸늘하게 식어감을 느껴야만 했다. 몸이 부들부들 떨리고 핏줄기 속을 날카로운 얼음송곳으로 찌르는 듯한 느낌을 받아야 했다.

지극히 차가운 감각은 발끝부터 시작되었다. 물린 곳은 목줄기이거늘 느낌은 발끝부터 시작된 것이었다.

'어, 얼어붙고 있다. 그. 그런데 뜨. 겁. 다.'

차가운 뜨거움.

그것이 전신을 관통하기 시작했다. 그리고 심장에 이르렀을 때 조작조각 박살이 났던 심장은 차가운 뜨거움으로 재탄생하기 시작했다. 고통이 밀려들었다.

"으… 으… 으아아…… 으아아악!"

고통에 찬 비명이 쉰 소리와 함께 허공을 가득 메웠다. 국왕의 전신이 펄떡이기 시작했다. 마치 작살에 맞은 물고기처럼 말이다. 그러다 점점 그 펄떡임이 잦아들기 시작했다.

완전하게 펄떡임이 사라지고, 마치 죽은 듯이 아무런 미동을 보이지 않았다. 그제야 오브레임 후작은 국왕의 목줄기에 박아 넣은 날카로운 송곳니를 빼고 고개를 들어 일어섰다.

그 모습은 너무나도 잔인했다. 창백한 얼굴. 붉디붉은 눈동자. 날카로운 송곳니와 입 주변을 온통 적신 검붉은 피. 오브레임 후작은 그 모습 그대로 웃음 띠었다.

그리고 지금까지 아무런 행동도 하지 않고 옆에 서 있던 시종장 쿠아론 백작에게 고개를 끄덕이자 쿠아론 백작은 이내 무언가를 웅얼거리기 시작했다.

말 그대로 웅얼거림이었다. 도저히 인간의 언어라고는 볼 수 없었으니 말이다. 웅얼거림의 소리가 점점 커짐에 따라 쿠아론 백작의 동그랗게 말아쥔 손아귀 위로 무언가 붉은 안개가 모여들기 시작했다.

모여든 붉은 안개는 쿠아론 백작의 웅얼거림과 동조하듯이 웅웅거리기 시작했고, 그때를 같이하여 쿠아론 백작이 국왕의 미간을 가리키자 붉은 안개 덩어리는 곧장 국왕의 미간을 향해 날아들었다.

그리고 스며들기 시작했다. 붉은 안개 덩어리는 기이한 도형의 모양을 드러내며 육망성을 그리기 시작했다. 그러함에도 국왕은 미동조차 하지 않았다.

마침내 쿠아론 백작의 웅얼거림이 끝나고 붉은색으로 밝게 빛나던 육망성 역시 완전히 사그라들었다. 국왕의 미간은 어느새 미끈해져 있었다.

"일어나라! 위대한 밤의 일족의 영원한 로드인 블라드 체 페슈이의 종이여!"

오브레임 후작의 입에서 기괴한 음성이 흘러나왔다. 마치 지저의 부르짖음과 같은 그런 음성이었다. 죽은 것 같던 국왕 이었다. 한데 오브레임 후작의 음성에 반응을 했다.

번쩍!

국왕의 눈이 뜨여졌다. 그의 눈동자는 원래의 회색 눈동자 가 아닌 붉디붉은 눈동자였다. 붉은 눈동자가 시종장을 향하 고 이내 오브레임 후작을 향했다.

그리고 웃었다.

그의 웃음에 날카로운 송곳니가 드러났다.

"끄으응!"

앓는 소리를 하면서 국왕이 몸을 일으켜 세웠다. 그리고 고 개를 한 번 돌리고 손을 쥐었다 폈다 했다. 이내 주먹을 쥐고 자신의 심장을 툭툭 건드려 보는 국왕이었다.

"좋군."

조금은 탁한 그리고 약간은 쉰 듯한 국왕의 첫 목소리였다. 그러다 문득 자신을 바라보고 있는 눈을 느낀 그가 시선이 쏟 아지는 곳으로 몸을 돌려 세웠다.

"……."

"……."

서로를 바라보며 아무런 말이 없었다. 하지만 그들은 수많은 말을 주고받고 있었다. 피의 전승으로 이루어지는 그들의 세계에 있어 말은 그리 중요한 것은 아닌지도 몰랐다.

"이제야 알겠군. 과인이 왜 그대들을 두려워했는지."

그 말을 하는 국왕의 모습에는 전에 없이 근엄함과 패기가 느껴졌다. 그에 쿠아론 백작과 오브레임 후작은 국왕에게 예를 올렸다.

"일족이 되신 것을 감축드리옵니다."

일국의 국왕이 일족이 되었다. 비록 오브레임 후작에 의해 피의 전승 의식을 했지만 밤의 일족이 되기 이전에 가진 위엄과 권위 때문인지 오히려 오브레임 후작이나 쿠아론 백작을 압도하는 국왕이었다.

하나, 아무리 그러한 국왕이라고 하나 결코 오브레임 후작을 과거처럼 대할 수는 없었다. 전승이니까. 그러함에 미묘한 분위기가 형성되고 있었다. 그때 국왕이 흠칫 몸을 떨었다.

자신이 상대할 수 없는 강대한 힘이 느껴졌기 때문이었다. 그가 서서히 몸을 돌려세웠다. 그의 시선이 향하는 곳. 그곳에는 지극히 퇴폐적인 아름다움을 가진 여인이 서 있었다.

"오브레임 후작 부인…… 아니, 진혈의 프린세스 크리스티나 헤밀턴!"

"일족이 된 것을 축하해요."

그녀의 음성은 끈적하고 촉촉했다. 그저 축하의 말을 던졌음에도 불구하고 국왕이 심한 갈증을 느껴야만 할 정도로 말이다. 하지만 국왕은 감히 그 갈증을 풀어낼 수 없었다.

자신과는 다른 존재이기에. 진혈과 1세대의 차이일 것이다. 국왕은 1세대의 최상위. 오브레임 역시. 하나, 크리스티나는 진혈의 프린세스. 크리스티나의 붉은 입술이 열렸다.

"이제 하나가 되었군요. 그대의 복수와 일족의 무궁함과 영광을 위하여."

그녀의 말이 끝남과 동시에 허공에서 붉은 핏물이 담긴 잔이 스르르 나타났다. 그들은 나타난 술잔을 말없이 받아 들었다.

"위하여!"

술잔을 높이 들어 올리고 단숨에 들이켰다. 그들의 입가에는 붉은색의 피가 흘렀다. 그리고 그들은 서로를 바라보며 소리 없이 웃음을 지었다. 그것은 승리의 웃음이었다.

그렇게 승리의 잔을 들이마실 때 집무실의 천장에서 그들을 지켜보는 눈이 뜨여지고 있었다. 참으로 기괴한 상황이라 할 수 있었다.

하나, 그들은 그 눈동자를 느끼지 못하고 있었다. 그리고 그들은 또 깨닫지 못하고 있었다. 자신들이 어떻게 이 자리에 모이게 되었는지. 국왕이 죽는 것을 어떻게 알게 되었는지를 말이다.

그 연유는 지금 승리에 취해 있었기 때문이었다. 그리고 그들은 그들의 주적인 제논 패트리아스 백작에 대해서 너무 무지했다. 그러하기에 아무런 거리낌 없이 승리의 축배를 들고 있었다.

천장의 한쪽에서 어둠과 동화된 눈동자는 웃고 있었다. 미치도록 시린 웃음을 짓고 있었다. 어둠이 선명한 얼굴을 만들었다.

하나, 축배를 드는 이들은 그의 존재를 전혀 알아차리지 못하고 있었다. 그 존재 자체가 어둠이었기에. 어둠이 웃었다. 아니, 웃는 것처럼 보였다. 차갑고 사악하게 웃음을 짓고 있는 것처럼 보였다.

마치 모든 것이 계획대로라는 듯이 말이다.

『넘버세븐』 8권에 계속…

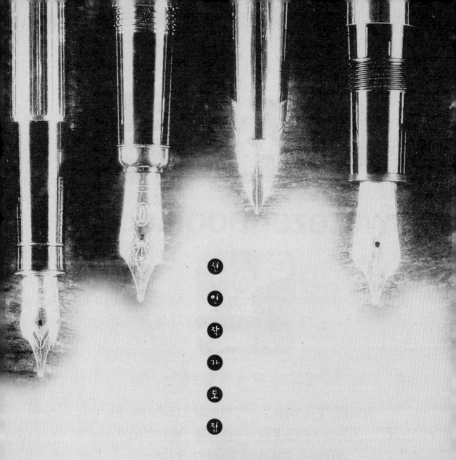

요람 新무협 판타지 소설
FANTASTIC ORIENTAL HEROES

귀환병사

국내 최대 장르문학 사이트를 휩쓴 화제작!
여름의 더위를 깨뜨리려 차가운 북방에서 그가 온다.

『귀환병사』

열다섯 나이에 북방으로 끌려갔던 사내, 진무린
십오 년의 징집을 마치고 돌아오다.

하지만 그를 기다린 것은 고아가 된 두 여동생, 어머니의 편지였다.
그리고 주어진 기연, 삼륜공……

"잃어버린 행복을 내 손으로 되찾겠다!"

진무린의 손에 들린 창이 다시금 활개친다.
그의 삶은 뜨거운 투쟁이다!

마 in 화산

FANTASTIC ORIENTAL HEROES

용훈 新무협 판타지 소설

**무림공적, 천살마군 염세악!
검신 한호에게 잡혀 화산에 갇힌 지 백 년.**

와신상담… 절치부심… 복수무한…

세월은 이 모든 것을 잊게 하고
세상마저 그를 잊게 만들었다.
하지만.

"허면 어르신 함자가 어찌 되시는지……"
우연한 만남, 자신도 모르게 튀어나온 원수의 이름.
"그게… 한, 한호일세."

**허무함의 끝에서 예기치 않게 꼬인 행로.
화산파 안[in]의 절세마인, 염세악의 선택!**

Book Publishing CHUNGEORAM

용맹이 아닌 지유 추구
WWW.chungeoram.com

허담 新무협 판타지 소설
FANTASTIC ORIENTAL HEROES

수선경
水仙經

작은 샘이 바다로 모여들 듯,
만류의 법이 하나로 회귀하듯,
다섯 개의 동경이 드디어 하나로 모인다.

검을 만드는 사람과
검을 쓰는 사람,
그리고 검을 버리는 사람의 이야기!

천명을 타고 태어난 **청풍**과 **강검산**
그리고 혈로를 걸어온 살수 **타유**,
그들이 다섯 줄기의 피의 숙명과 마주한다.

Book Publishing CHUNGEORAM

FUSION FANTASTIC STORY
건(建) 장편 소설

컨트롤러
Controller

세상에게 당한 슬픔,
약자를 위해 정의가 되리라!

『컨트롤러』

부모님의 억울한 죽음.
더러운 세상에 희롱당해
무참히 희생당한 고통에 분노한다!

"독하게… 살아가리라!"

우연한 기회를 통해 받은 다른 차원의 힘.
억울함에 사무친 현성의 새로운 무기가 된다.

냉정한 이 세상을 한탄하며,
힘조차 없는 약자를 대변하고자
내가 새로운 정의로 나서겠다!

Book Publishing CHUNGEORAM

유행이 아닌 자유추구 -
WWW.chungeoram.com